Betty Swinford

# Der geheimnisvolle Einsiedler

Betty Swinford

# Der geheimnisvolle Einsiedler

Schulte & Gerth

Übersetzt von Alexandra Klos
Best.-Nr. 815 858
ISBN 3-89437-858-1
1. Auflage 2002
Umschlaggestaltung: Hanni Plato
Umschlagfoto: IFA-Bilderteam
Satz: Typostudio Rücker
Druck und Verarbeitung: Ebner Ulm
Printed in Germany

# Inhalt

## Bootsfahrt auf dem wilden Fluss

Es war ein wunderbarer, sonniger Tag. Geradezu perfekt für eine Bootsfahrt auf dem wilden Fluss. Ein später Oktoberwind fegte die welken, roten Ahornblätter durch die Straßen und der Boden unter den Walnussbäumen war kreuz und quer mit Nüssen übersät. Die Clique hatte trotz des Sonnenscheins vorsorglich ihre Jacken mit eingepackt. Denn im Hochland von Arizona konnte zu dieser Jahreszeit das Wetter ganz plötzlich umschwenken.

Sie waren zu fünft: Jim Robbins, sein Bruder Danny, Dannys Freundin Tina und Shawn und Kimberly Williams. Jims Vater hatte sie mit dem Auto hoch in die *White Mountains* gebracht, damit sie dort ihr Abenteuer beginnen konnten. 19 Kilometer weiter unten würde er dann auf sie warten.

Nicht, dass der *Black River* tatsächlich gefährlich war. Wenn dem so wäre, hätte Danny erst gar nicht die Erlaubnis bekommen, für diesen Ausflug die Verantwortung zu übernehmen. Im Vergleich zu den schäumenden Fluten des *Colorado Rivers*, der durch den *Grand Canyon* strömte, floss das Wasser hier eigentlich langsam und träge dahin. Dort bedurfte es perfekt ausgebildeter Führer, die die Touristen durch die bedrohlichen Gewässer hindurchgeleiteten. Im Gegensatz dazu konnte hier wirklich nur dann ein Unglück geschehen, wenn man absolut unachtsam war.

„Auf geht's!", rief Danny den anderen voller Abenteuerlust zu. Dann warf er ihr gemeinsames Esspaket ins Schlauchboot und sicherte die Ruder in den Ruderdollen. Hin und wieder würde er natürlich auch einmal die anderen rudern lassen, aber zunächst mussten sie sich durch das schäumende Wasser hindurchkämpfen.

Der Wagen von Familie Robbins stand in der Nähe des Flusses. „Habt ihr alles?", rief ihnen Mr. Robbins zu. „Und habt ihr auch alle eure Jacken dabei?"

„Alles okay, Dad!", rief Jim zurück. „Bis später."

„Ach, Dad", rief Danny und hielt einen Moment lang inne, „zu Mittag werden wir irgendwo unterwegs eine Pause machen und etwas essen. Also, wenn du etwas zu erledigen hast oder so, wir werden sicher mehrere Stunden unterwegs sein."

Mr. Robbins lächelte und winkte ihnen zu. „Okay Kinder, seid vorsichtig."

Er rutschte hinter das Lenkrad seines Autos, löste die Handbremse und war einen Moment später nur noch als winziger Fleck inmitten einer riesigen Staubwolke zu sehen.

„Tolles Gefühl, nicht wahr?", fragte Shawn Williams vergnügt.

Die Aufregung war groß. Es war wirklich ein gutes Gefühl, einmal ganz sich selbst überlassen zu sein und nicht dauernd irgendwelche Erwachsenen um sich herum zu haben, die einen beaufsichtigten. Außerdem war Danny klug und verantwortungsbewusst. Er war nicht einer von denen, die sich Hals über Kopf in irgendwelche Risiken stürzen, ohne den Überblick zu haben.

Danny saß leicht nach vorn gebeugt in der Mitte des kleinen Bootes. Sein schwarzes Haar schimmerte im hellen Licht der Sonne und Jim konnte beobachten, wie unter seinem T-Shirt seine Muskeln arbeiteten. Danny jobbte zweimal pro Woche in einer Reinigung, wo er die Behälter mit den Chemikalien durch die Gegend schleppen musste, und machte außerdem viel Sport. Langsam manövrierte er das Boot in die Mitte des schmalen, sumpfigen Flusses und machte eine Drehung. Der Ausflug konnte beginnen.

„Alle startklar?“, rief er über eine Schulter hinweg. „Also, jetzt einmal aufgepasst. Das schäumende Wasser ist hier ziemlich harmlos und wir können uns eine Weile dahintreiben lassen, okay? Aber wenn wir rudern müssen, dann muss sich jeder ins Zeug legen, selbst wenn einem nicht danach ist.“

„Eye, eye, Sir“, grinste Shawn und sagte kichernd zu Jim: „Ich hab ja *solche* Angst!“ Dabei zog er seine blonden Augenbrauen hoch.

Jim musste über seinen Freund grinsen. Gab es eigentlich irgendetwas, wovor Shawn keine Angst hatte? Seine Prahlerei würde ihn eines Tages noch in Schwierigkeiten bringen. „Nun, Shawn“, sagte Jim munter, „wenn irgendetwas schief geht, kannst du dich ja an Tina klammern.“

Tina warf Jim einen finsteren Blick zu. „Na klar, nur an wen soll ich mich dann klammern?“

Tinas Haar hatte die Farbe eines nagelneuen Kupferpfennigs und in der Morgensonne schimmerte es jetzt feuerrot. Sie und Danny gingen miteinander, seit Jim die beiden kannte, und er bezweifelte, dass sie sich jemals trennen würden.

Kimberly saß neben Jim, der sie verstohlen von der Seite ansah. Sein größter Wunsch war, eines Tages mit *ihr* zu gehen. Als sie sich jedoch umdrehte und ihn ansah, wurde er rot und sah schnell weg.

Jubelnd und lachend glitten die Jugendlichen den flachen Fluss hinunter. Das Wasser war eiskalt, viel zu kalt zum Schwimmen, und hin und wieder wurden ihre Gesichter von einigen Spritzern nass. Doch wirklich abenteuerlich würde es erst später werden, wenn sie das Wildwasser erreichten. Dann würden sie sich ihre Rettungsjacken anziehen und Danny konnte sein Können beweisen, indem er das Boot in Kursrichtung hielt. Aber noch floss der Strom sacht dahin und das Rudern war ein Kinderspiel.

„Alles klar da hinten bei euch?“, rief Danny.

„Alles klar bei *dir*?“, konterte Jim.

„Hey, kein Problem! Das Wildwasser ist von uns noch recht weit entfernt.“

Jim fand, dass Shawn zu waghalsig war. Er benutzte nie seine Halteriemen und stellte sich manchmal sogar im Boot hin. Jim hielt es für ziemlich blöd, sich auf diese Weise hervorzutun.

„Hey, Shawn!“, bat ihn seine Schwester. „Setz dich hin wie wir alle anderen auch.“

Shawn zog eine Grimasse. „Ist schon okay. Sobald wir das Wildwasser erreichen, werde ich mich benehmen, das verspreche ich.“

Das Boot schaukelte und schwankte hin und her, als es den *Black River* hinunterglitt. Von Zeit zu Zeit mussten sie kleinen Strudeln ausweichen, um nicht in einen Wirbel zu geraten, aus dem sie dann nur sehr schwer wieder entkommen konnten.

Tina lehnte ihren Kopf genießerisch gegen die breite Innenwand des Bootes und meinte: „Ich sage euch, das nenne ich leben!“

Die Landschaft schoss an ihnen vorüber. Hoch oben in einer Kiefer beobachteten einige Eichhörnchen, wie das Boot an ihnen vorüberglitt. Sie meckerten und schimpften diese komischen Kreaturen aus, die da in ihre Heimat eingedrungen waren.

„Sind die süß!“, meinte Kimberly schmachtend. „Schau mal, Jim, das sieht so aus, als würden sie um den Baum dort hinten Fangen spielen.“

Jim lachte. Sein braunes Haar war mit Wassertropfen benetzt und sein Hemd war von der Gischt bereits ganz nass. „Ich glaube, eines der Eichhörnchen hat eine Nuss geklaut, und das andere macht ihm klar, dass es sie wieder zurückgeben soll."

„Was mich viel mehr interessieren würde", rief Danny nach hinten, „ist, wann wir anhalten und etwas essen."

Tina beugte sich nach vorn, damit er sie besser hören konnte. „Ich glaube, wir sind alle hungrig. Auf dem Wasser hier draußen bekommt man wirklich mächtig Appetit."

Danny warf einen Blick auf seine Uhr und lenkte in Richtung Ufer. „Okay, dann halten wir jetzt an und essen etwas, bevor wir uns in die wilden Fluten stürzen. Dort wäre es dann nicht mehr so einfach, die Gute hier einzudocken."

Gewandt sprang er aus dem Boot und ließ sich von Jim das Seil zuwerfen. Kaum hatten sie das Boot an einem Baum befestigt, stürmten die anderen auf die mit Kieseln bedeckte Sandbank. Tina entdeckte unter einer Kiefer einen ebenen Platz und breitete dort eine große Plastikplane aus. Shawn ging zurück zum Boot und holte die Frischhaltebox mit ihrem Proviant heraus. Kimberly brachte die große Thermoskanne mit dem Eistee.

Die Luft wurde kühl, deshalb holte Jim die Plastiktasche mit den Jacken. Bevor es wieder losging, würden sie sie anziehen müssen.

Danny nutzte die Zeit, um seinen verspannten Körper nach dem Rudern etwas zu dehnen. Als er sich zu den anderen unter dem Baum gesellte, sah er aus wie jemand, der gerade die Welt erobert hat.

„Zu schade, dass du heute nicht das Auto bekommen hast", meinte Jim.

Danny sah zu seinem jüngeren Bruder hinüber und zog eine Augenbraue hoch. „Na klar, und blöd bist du auch noch obendrein. Wenn ich uns hierher gefahren hätte, wer würde uns dann am anderen Ende wieder abholen?"

Jim blickte ziemlich dämlich drein. Doch dann musste er über seine eigene Dummheit grinsen. „Ach so", war alles, was er hervorbrachte.

Tina hatte Kartoffelsalat und Zitronenkuchen gemacht und Kimberley hatte Sandwiches mit Schinken und Käse zubereitet. Sie ließen sich ihre Mahlzeit genüsslich schmecken. Jim aß drei Sandwiches hintereinander und kippte dazu zwei Becher Eistee herunter.

„Hey, ich bin im Wachstum!", verteidigte er sich, als ihn die anderen ungläubig anstarrten.

„Das ergibt mit Sicherheit 150 Kilo, wenn du erwachsen bist und bis dahin so weitermachst", lachte Kimberly.

Es war ein großartiger Tag, um miteinander Spaß zu haben. Ein großartiger Tag, um am Leben zu sein. Sie hatten sich schon lange vorgenommen, auf dem wilden Fluss Boot zu fahren, aber da Danny schon älter war – fast siebzehn – mussten sie sich gedulden, bis er bei seinem Job in der Reinigung einen Tag frei bekam, damit er bei diesem Ausflug dabei sein konnte.

Jim lächelte verschmitzt und nahm sich ein weiteres Sandwich. Daraufhin stürzte sich Kimberly auf ihn, um es ihm wieder wegzunehmen, und im nächsten Augenblick rannten sie hintereinander her und hörten gar nicht mehr auf zu kichern.

„Hey, Leute", stieß Shawn plötzlich aus, „hat jemand von euch einmal den Himmel etwas genauer betrachtet?"

Jim schnellte mit dem Kopf nach oben und richtete seinen Blick in Richtung Himmel. Mann oh Mann, es war wirklich ganz schön bewölkt. Und die Luft fühlte sich irgendwie auch anders an – kalt und frisch. „Vielleicht sollten wir jetzt besser in die Gänge kommen", schlug er vor.

Danny blickte zuerst auf den Himmel und dann auf den Fluss. Die auf das Flussufer einschlagenden Wellen wurden immer größer und der Fluss sah dunkel und düster aus. Schließlich legte er seine Stirn kopfnickend in Falten.

„Das sollten wir wirklich tun. Das Wetter ändert sich in Windeseile. Lasst uns schnell alles zusammenpacken."

In ihrer Eile, die Picknicksachen wieder im Boot zu verstauen, entging ihnen, dass die Plastiktasche mit den Jacken immer noch im Schatten des Baumes lag.

„Wir sind überhaupt noch nicht weit gekommen", meinte Kimberly zu Jim, als Danny und Tina das Boot vom Ufer wegstießen.

Jim zuckte mit den Schultern und sah sich um. Obwohl sie alle in den *White Mountains* in der Stadt *Show Low* lebten, kam ihm die Gegend hier fremd vor. Er blickte hinauf zu den Wolken und stellte erschrocken fest, dass es erst Mittag war. Und sie hatten noch einen weiten Weg vor sich. „Der Regen holt uns ganz sicher ein und dann wird es noch kälter."

Kimberly kicherte. „Es wird jetzt schon kälter, du Scherzkeks! Und außerdem bin ich bereits nass."

Jim lächelte und gab keine Antwort. Er fand immer noch, dass sie toll aussah.

Danny lenkte das Boot erneut in die Mitte des Flusses und wendete es dem Strom entgegen. „Alle hinsetzen! In ein, zwei Minuten kommen wir an die Stelle, wo das Wildwasser beginnt."

„Wir sind alle an unseren Plätzen!", rief Tina zurück.

Plötzlich spürten alle, dass um sie herum keine sanfte Brise mehr wehte: Das war vielmehr ein harter, treibender Wind, der sie vorwärts stieß. Der Fluss floss in eilender Geschwindigkeit Richtung Süden und die tobenden, schäumenden Wellen peitschten gegen das felsige Ufer. Die Gegend erschien jetzt bergiger denn je, umgeben von steilen Klippen, die aus dem Wasser ragten. Als wäre die Lage nicht schon brenzlig genug, tobte das Wasser direkt vor dem Boot auf und nieder und stieß es bedrohlich nach vorn. Die Felswände erschienen wie Monster, das Ufer war schmal und zu ihrer Rechten ragten riesige, spitze Felsen hoch.

„Hey, Jim!“ Danny hatte fast ein Dutzend Spitznamen für seinen Bruder und wenn er einmal seinen echten Namen gebrauchte, dann wurde es ernst. „Komm hierher nach vorn und nimm das linke Ruder! Ich kann es nicht mehr halten!“

Der treibende Wind und das Wasser hatten bereits fast die Kontrolle über das kleine Boot gewonnen und Danny kämpfte mit allen seinen Kräften dagegen an. Jim ließ die Halteriemen los und wurde daraufhin beinahe aus dem Boot geworfen. Auf allen vieren bahnte er sich einen Weg zur Ruderbank. Stolpernd landete er neben seinem Bruder. Sofort ergriff er das linke Ruder, aber als Danny losließ, geschah etwas Furchtbares: Das Ruder rutschte aus der Ruderdolle! Eine Sekunde später sauste es vor das Boot und tanzte spöttisch vor ihnen her.

Danny versuchte seine Angst und seine Überraschung zu verbergen. „Hör zu, Jim, wir müssen das Boot zum Ufer bringen, und zwar schnell!“

Jim starrte Danny an und fragte sich, was genau eigentlich von ihm erwartet wurde. „Was soll ich denn machen?“

„Bete, so wie du noch nie zuvor gebetet hast!“

Das tat Jim ja bereits. Er musste kräftig schlucken. „Vielleicht kann ich rausspringen und helfen, das Ding ans Ufer zu ziehen.“

„Nein!“, schrie ihm Danny zu. „Das Wasser ist zu tief und zu unruhig!“

Nur Kimberly, die neben Tina und ihrem Bruder saß, bemerkte, wie Shawn auf seinem Platz zusammengesackt war. Er spielte jetzt nicht mehr den Helden; nun sah er fahl und ängstlich aus bei dem Versuch, sich auf diesem wilden Gefährt zu halten. Verzweifelt versuchte er seine Rettungsjacke zuzuschnüren.

„Jim!", rief Kimberly. „Wir können uns nicht mehr festhalten!"

Jim hatte selbst damit zu kämpfen, im Boot zu bleiben, und er drehte sich gerade noch rechtzeitig herum, um zu sehen, wie Shawn mit einem Rückwärtssalto in den wütenden Fluten landete. Shawns blaue Augen füllten sich mit Schrecken, als er in die Tiefe gezogen wurde. Da es ihm nicht gelungen war, seine Rettungsjacke zuzuschnüren, wurde sie ihm jetzt vom Leib gerissen und strömte im Nu flussabwärts.

## Verwundet

Kimberlys goldenes Haar war jetzt völlig nass und es sah aus, als wolle sie jeden Moment über die Bootskante springen, um ihren Bruder zu retten. „Jim!“, kreischte sie schrill. „Shawn kann nicht schwimmen!“

Jims braune Augen richteten sich hilflos auf seinen Bruder. Danny hatte einen letzten verzweifelten Versuch gemacht, das Boot in Richtung Ufer zu steuern, und einen Augenblick später schoss sein langer, schmaler Körper in den Wasserstrudel. „Bring das Boot ans Ufer!“, rief er Jim zu.

Die Mädchen waren nahe daran, hysterisch zu werden. Jim fühlte sich überfordert. Mit letzter Kraft kämpfte er sich durch den Fluss. In diesem Moment nahm er ein Unheil verkündendes, reißendes Geräusch wahr. Ein spitzer Felsen riss den Boden des Bootes auf. Woraufhin alle drei Jugendlichen unsanft ins Wasser geschleudert wurden. Wild schlugen sie mit den Armen um sich und spuckten Wasser, bis sie schließlich die Böschung erreichten, wo sie sich erschöpft und nach Luft schnappend fallen ließen.

Eine ganze Weile lagen sie einfach nur flach auf ihrem Rücken und bemerkten gar nicht, dass Danny verzweifelt darum kämpfte, Shawn zu finden. Schließlich richtete sich Kimberly mit einem Ruck auf und sah sich suchend nach ihrem Bruder um. Als sie keinen der beiden Jungen im

Fluss sehen konnte, wurde sie von Panik ergriffen. Sie packte Jims Arm.

„Jim, wo sind Danny und Shawn?"

Ihre Worte durchdrangen seine Angst und mit einem Satz war er auf den Beinen. Ja, wo genau waren Shawn und sein Bruder? Er schritt bis zu den Waden in den reißenden, tobenden Fluss und blickte wild um sich. Endlich sah er, wie Dannys wogender Kopf an der Wasseroberfläche auftauchte. Danny hatte einen Gesichtsausdruck, den Jim noch nie zuvor bei ihm gesehen hatte.

„Shawns Fuß hat sich irgendwo verfangen!", rief er heiser. „Betet weiter!"

Mit dieser Botschaft tauchte er wieder unter Wasser. Niemand musste den anderen daran erinnern, was jetzt zu tun war. Jeder Einzelne von ihnen betete inbrünstig für das Leben der beiden Jungen. Es würde ein Wunder sein, wenn Danny nicht von den Fluten fortgerissen werden würde. Und dann gab es da noch die Frage, wie lange Shawn ohne Sauerstoff überleben konnte!

„Bitte, Gott!", betete Jim. „Lass Shawn nicht ertrinken! Und bitte, rette meinen Bruder!"

Obwohl es sich in Wirklichkeit nur um einige Sekunden handelte, schienen Stunden zu vergehen, bis die Köpfe beider Jungen wieder an der Wasseroberfläche erschienen. Shawn sah blass und krank aus und Danny kämpfte unerbittlich, damit sie beide an Land kamen.

Als Danny Shawn aus dem Wasser zerrte und ihn auf dem Boden runterließ, sahen sie es alle. Shawn hatte nicht nur irgendwo sein Fußgelenk verfangen und verrenkt. Ein zackiger Felsen musste einen tiefen Schnitt in seine Wade gemacht haben. Seine Jeans war zerrissen und er sah furchtbar aus. Keuchend und hievend zerrte Danny Shawn auf die Sandbank und stürzte neben ihm auf den Boden.

Kimberly saß kerzengerade und hielt die Hand über

ihren Mund gewölbt. Entsetzt starrte sie auf den anschwellenden Knöchel ihres Bruders und überlegte, ob es für diese Jahreszeit zu spät war, um den Fuß ins kalte Wasser zu tauchen.

„Shawn, du blutest ja!“, stöhnte Tina.

Shawn starrte zum Himmel hinauf. Er zitterte vor Kälte und gab keinen Laut von sich.

Auch Jim fror und er fragte sich, ob wohl alle ihre Jacken weggeschwemmt worden waren. Er kroch zu Shawn und sagte: „Ich gehe jetzt den Fluss hinunter und sehe nach, ob die Plastiktasche mit unseren Jacken irgendwo gestrandet ist.“

Bei diesen Worten wurde Kimberly plötzlich hellhörig. „Unsere Jacken! Jim, ich habe die Tasche zuletzt unter dem Baum gesehen, als wir zu Mittag gegessen haben, danach aber nicht mehr. Hat sie jemand von euch ins Boot getan?“

Einer blickte zum anderen, nach einiger Zeit schüttelten sie jedoch alle ihre Köpfe. Alle außer Shawn.

„Ich d-denke, die sind im-immer noch unter dem B-Baum. Ich habe sie aus dem Boot genommen und dort v-verges-sen.“

„Ich hole sie“, bot Jim an. „Wir frieren doch alle.“

Kimberly stand zitternd auf. „Ich komme mit. Vielleicht wird mir dann wärmer.“ Und ihre Schuhe machten beim Laufen kurze, glucksende Geräusche.

„Wir müssen im Wasser dorthin waten, um über diese Klippe zu kommen“, rief ihr Jim zu und hoffte, dies hätte nicht zur Folge, dass sie ihr Vorhaben rückgängig machen würde.

Doch Kimberly presste ihre Lippen entschlossen aufeinander. „Wir müssen dafür sorgen, dass Shawn warm wird“, war alles, was sie sagte.

Sie konnten spüren, wie die anderen ihnen nachsahen,

als sie davongingen. Danny sah blass und müde aus. Wohl aus diesem Grund bot er sich nicht an, sie zu begleiten. Selbst Tina schien niedergeschlagen und teilnahmslos. Die Arme um ihre Knie geschlungen, kauerte sie zitternd auf dem Boden. Ihre roten Haare sahen jetzt nass und glanzlos aus. Ja, sie sahen alle aus, als seien sie einem Todeskampf entkommen.

„Jim?“

Seine braunen Augen schossen zu ihr herüber. „Ja?“

„Was werden wir nun tun? Wir befinden uns hoch in den Bergen und Shawn kann vermutlich nicht laufen. Das Boot ist hinüber und es ist ein weiter Weg bis dorthin, wo dein Vater uns abholen will.“

Jim verzog das Gesicht. Er hatte sich um diese Dinge noch keine Gedanken gemacht und Kimberlys Worte brachten ihn erst dazu. Ja, *was* sollten sie denn nun tatsächlich tun? Man musste kein Arzt sein, um zu sehen, dass Shawns Knöchel geschwollen war und böse aussah. Niemand, nicht einmal Danny, konnte ihn bis zum Treffpunkt tragen. Jim schluckte kräftig, griff nach Kimberlys Hand und drückte sie leicht.

„Ich weiß es nicht, Kim. Ich vermute, dass Dad uns suchen wird, wenn wir bis zu einer bestimmten Zeit nicht bei ihm auftauchen.“

„Das könnte ziemlich schwierig werden, Jim. Die einzige Straße, die es hier oben gibt, ist die, wo er uns rausgelassen hat, und das ist sehr weit weg. Mr. Robbins müsste uns den ganzen Weg flussaufwärts folgen, um uns zu finden.“ Kimberly sah Jim mit einem ängstlichen Stirnrunzeln an. „Das würde bedeuten, dass wir den Weg stromaufwärts zu Fuß bewältigen müssen. Ich glaube nicht, dass das irgendjemand schaffen kann.“

Jim tat einen tiefen Atemzug. „Das ist alles so verrückt“, dachte er laut. „Dieser Fluss ist sonst so ruhig. Es sollte eigentlich ein vergnüglicher Ausflug mit einem Picknick werden."

Als wolle der Wind Jims Worten widersprechen, riss er plötzlich seine Worte hinweg und ließ ihn und Kimberly durch und durch erschaudern. Die Wolken wurden dunkler, Regen bespritzte ihre Gesichter und die Luft wurde noch kälter.

Jim versuchte nicht daran zu denken, dass es in diesen Bergen schneien konnte, aber er war sich bewusst, dass dies im Oktober durchaus vorkam. Er wusste auch, wie schnell sich das Wetter in 2.000 Metern Höhe ändern konnte. Aber der Tag hatte doch so wunderbar begonnen! Nur eine leichte Kälte, kein Grund zur Angst. Der Wind war ruhig gewesen, die Sonne hatte geschienen ...

„Jim? Ich glaube, ich sehe dort die Plastiktasche mit unseren Jacken." Kimberly deutete auf einen Baum in der Nähe, an dessen Stamm ein großes Etwas zu lehnen schien. Sie rannten zu der Kiefer und öffneten die Tasche. In Windeseile zogen sie ihre warmen Jacken an, um der nassen Kälte zu entkommen. Ohne sich eine Ruhepause zu gönnen, machten sie kehrt und traten den Rückweg an. Denn die anderen brauchten die Jacken genauso sehr wie sie.

Shawn saß inzwischen halb aufgerichtet und stützte sich auf einem seiner Ellenbogen ab. Sein Gesicht war vor Schmerz verzerrt und er starrte mit Entsetzen auf sein blutüberströmtes Bein. Sein anschwellender Fußknöchel trat über seinem Schuh hervor und färbte sich dunkel. Er schien gar nicht zu bemerken, dass Jim und Kimberly wieder zurückgekehrt waren.

Danny blickte finster drein. Mit angezogenen Knien starrte er auf den Boden. „Der Erste-Hilfe-Kasten ist natürlich weg", sagte er, ohne sich dabei direkt an irgendjemanden von ihnen zu wenden. Schließlich rappelte er sich hoch. Sein Blick schien nun wieder etwas munterer. „Hört zu, wir stecken hier wirklich in einem ganz schönen Schlamassel. Wir müssen unbedingt bald einen Unterschlupf finden und Shawn braucht einen Arzt."

Als würde er erkennen, wie wenig Sinn seine Worte machten, schüttelte er traurig seinen Kopf. Tina stand auf und legte tröstend ihre Hand auf seine Schulter.

„Es ist nicht deine Schuld, Danny", sagte sie sanft. „Du hast nichts falsch gemacht, hör also damit auf, dich zu beschuldigen."

Danny starrte sie mit leeren Augen an. „Tina, bist du dir bewusst, wie ernst das hier ist? Niemand weiß, wo wir uns befinden. *Niemand*! In einigen Stunden wird Dad auf uns warten und wir werden nicht da sein." Er machte eine weite Bewegung mit dem Arm. „Wir sind verloren inmitten einer Wildnis von Bergen, Flüssen und Felsen. Keine Menschenseele weit und breit innerhalb von wer weiß wie vielen Meilen!"

Tina starrte auf Danny, als wäre er ein Fremder. „Dann ist es wohl das Beste, du übernimmst die Verantwortung und tust etwas, um uns allen hier herauszuhelfen." Als sie sah, wie sich seine Augen auf ihr Gesicht hefteten, fuhr sie etwas sachter fort: „Du kennst doch in einer Notlage immer einen Ausweg, Danny. Weißt du noch, als wir damals auf der *Badger Canyon Road* einen Platten hatten? Und keinen Ersatzreifen? Erinnerst du dich, was du getan hast und wie du die Fassung bewahrt hast?"

„Das war keine große Sache!", spöttelte Danny. „Jeder würde wissen, was man mit einem Werkzeugkasten tut."

„Nicht dieser Roger aus der achten Klasse", sagte Tina fest. Dann wurde ihr Ton weicher. „Auf, Danny, nimm die Zügel in die Hand. Du bist der einzige Mann, der hier mit uns diesen Ausflug macht."

Jim beobachtete, wie bei seinem Bruder das Wort

„Mann" wie ein Blitz einschlug. Er beobachtete weiter, wie sich seine Schultern strafften und sein Kinn sich hob.

Danny nahm einen tiefen Atemzug. „Also gut, ich denke, zuallererst sollten wir beten. Danach machen wir uns in Richtung Norden auf, bis wir die Holzfällerstraße erreichen."

Jim schien, dass Danny stets einen Plan in petto hatte, *bevor* sie Gott fragten, was sie tun sollten. Er sah hinauf zu den zerklüfteten Bergen. Begriff Danny denn etwa nicht, dass Shawn nicht laufen konnte?

*Schlechter Auftritt, Danny.*

Danny sprach das Gebet und wandte dann seinen Blick hinauf zu den Bergen. „Lasst uns aufbrechen", sagte er mit fester Stimme.

„Und ich?", wimmerte Shawn.

Nun, da ihre Kleider trocken waren und sie ihre Jacken anhatten, war ihnen zwar etwas wärmer, aber der Wind schlug mittlerweile in einen Sturm um und der Regen wandelte sich in Graupel. Harter, durchdringender Graupel, der sie wieder bis auf die Haut durchnässen würde, wenn sie nicht bald einen Unterschlupf fänden.

Plötzlich blieb Danny ruckartig stehen. „Jim, hilf mir mit Shawn."

Die Übrigen aus der Gruppe sahen zweifelnd zu, als Danny Shawn auf seine Füße hievte. Jim atmete tief durch und nahm eine Position an seiner Seite ein, um Shawns rechte Seite zu stützen. Na dann viel Spaß: zu ihrer Rechten nichts als Klippen, zu ihrer Linken tobendes Wasser und vor ihnen felsige, bedrohliche Berge!

## Der unheimliche Fremde

Die ersten fünfzehn Meter waren nicht so schlimm, denn es ging nur allmählich abwärts. Aber dann wurde der Weg steil und glitschig, die Erde war mit Kiefernnadeln übersät und riesige Felsblöcke lagen mitten auf dem Weg. Während es Kim und Tina leicht fiel, darüber zu klettern, mussten sich die Jungs zentimeterweise vorwärts kämpfen. Shawn schrie jedes Mal vor Schmerz, wenn er sein Bein belastete.

„Kimberly, warte!", rief er einmal. „Könntest du vielleicht meinen Schuh aufschnüren? Mein Fuß ist total geschwollen und das tut bei dem zugeschnürten Schuh wahnsinnig weh."

Jim wusste, dass sie auf diese Weise unmöglich meilenweit mit Shawn gehen konnten und dass sie so niemals ihr Ziel erreichen würden. Aber würde Danny das jemals zugeben?

„Lass mal sehen, ob ich dich huckepack nehmen kann", schlug Danny einmal vor. Aber das erwies sich bald als hoffnungsloser Einfall. Shawn war etwas pummelig und sein Gewicht ließ Danny auf dem steilen Abhang immer weiter nach hinten zurückfallen. Behutsam ließ er Shawn auf den Boden hinunter und sackte, heftig nach Luft schnappend, neben ihm zusammen.

Kimberly setzte sich in der Nähe auf einen Felsblock. Sie sah ängstlich und hilflos aus. Auch Tina schien besorgt, selbst wenn sie versuchte, sich nichts anmerken zu lassen. Jim fühlte sich von den Geschehnissen der vergangenen drei Stunden ausgelaugt. Und als der Graupelregen schließlich zu großen, bauschigen Schneeflocken wurde, kuschelte er sich tief in seine Jacke ein.

„Was ist bloß aus dem schönen, warmen Tag heute Morgen geworden?“, murmelte Tina.

„Was machen wir jetzt?“ Kimberlys Frage schoss wie ein Pfeil in die Runde. „Wir können nicht einfach hier bleiben und warten und wir können auch nicht weitergehen.“

„Wenn wir nur irgendeinen Unterschlupf finden könnten“, stöhnte Tina.

Sie befanden sich nun inmitten des dichten Waldes. Selbst hier bedeckte der herabfallende Schnee den Erdboden, sobald ihn der tobende Wind unter die Kiefern und Eichen trieb.

Danny war niedergeschlagen. „Ich bringe euch zu einer Rodung und markiere diese Stelle hier. Dann gehen Tina und ich Hilfe holen und kommen so schnell wie möglich wieder zu euch zurück.“

Jim schüttelte seinen dunklen Schopf. „Danny, das ist verrückt! Bis du Hilfe geholt hast und zurückgekommen bist, könnten wir bereits unter vier Fuß Schnee begraben sein!“

Danny stieß mit seiner Schuhspitze durch die Schneedecke. „Hast du eine bessere Idee?“

„Nun“, wich Jim aus, „vielleicht könntest du uns hier im Wald lassen und einige Bäume markieren, sodass du wieder zurückfindest.“

Danny versuchte immer noch, den Mann in der Gruppe zu spielen, deshalb sagte er einfach nur: „Klar, kleines Brüderchen.“ Dann, um klar zu machen, dass er hier der Anführer war, fügte er noch hinzu: „Lasst es uns probieren und in die Nähe einer Rodung gehen, damit ich nicht so viele Bäume markieren muss."

Es war nicht einfach, mit Shawn den Abhang hochzukommen. Denn auf einem Fuß zu hüpfen, war schmerzvoll. Auch wenn Danny Shawn mit seinem Arm um die Hüfte stützte und ihn mitschleppte, erschien es ihnen wie eine Ewigkeit, auch nur einige Meter voranzukommen. Es war einfach furchtbar, dass dies hatte geschehen müssen! Shawns geschwollener Fuß war inzwischen doppelt so dick wie sein anderer Fuß. Doch wenigstens hatte die Schnittwunde an seinem Bein aufgehört zu bluten.

„Geht es?", keuchte Danny.

Shawn verzerrte sein Gesicht. „Mein Fuß tut wahnsinnig weh."

Kimberly machte sich um ihren Bruder offenkundig Sorgen. „Vielleicht hätten wir den Fuß in kaltes Wasser tauchen sollen. Machen sie das nicht immer, wenn Fußballspieler sich verletzen?"

Jim war vom Stützen seines Freundes hundemüde. „Sie legen ein verletztes Bein oder einen verletzten Arm in Eis", antwortete er außer Atem.

„Leute, ich bin doch nur ein Klotz am Bein. Warum geht ihr nicht einfach ohne mich weiter und holt Hilfe?" Aber bei dem bloßen Gedanken, in einem Schneesturm zurückgelassen zu werden, füllten sich Shawns blaue Augen mit Angst.

„Ich gehe nicht von dir weg!", rief Kimberly laut.

„Ich auch nicht", stimmte Jim ein. „Wir halten zusammen, egal, was passiert."

*Natürlich*, dachte Jim reuevoll, *das sind schöne Worte, die mutig klingen, aber wie lange schaffen wir es, auch wirklich durchzuhalten?*

Allmählich ebnete sich der Boden und dann sahen sie eine Wiese vor sich. Bestürzt stellten sie jedoch kurz darauf fest, dass diese bereits mit 5 cm Schnee bedeckt war. Die Jungs ließen Shawn auf den Boden hinunter und lehnten ihn mit dem Rücken gegen einen Baum.

Jim lockerte seine Schultern und rieb sich die Armmuskeln. Erschöpft ließ auch er sich auf den Boden sinken, zog die Knie an und schlang seine Arme darum. Sein Seufzer hätte im Guinness-Buch der Rekorde verzeichnet werden können. *Gott*, betete er, *bitte zeig uns, was wir tun sollen. Du musst jetzt die Verantwortung übernehmen, denn keiner von uns ist klug genug, um zu wissen, was wir tun sollen.*

Danny stand mit dem Rücken zur Gruppe gewandt und schien tief in Gedanken versunken zu sein. Er sah aus wie jemand, der nicht weiß, was er in einer bestimmten Situation tun soll, und Jim fragte sich, ob er wohl auch gerade betete.

Als Jim einen Blick in die Runde warf, dachte er, wie furchtbar sie doch alle aussahen. Zersaust. Verlassen. Hilflos. Die Haare der Mädchen hingen in trockenen, hässlichen Strähnen herunter. Kimberly warf Jim einen Blick zu und Jim entschloss sich zu lächeln, koste es, was es wolle.

Hinter der Wiese erhoben sich wieder die Berge, schroff und bedrohlich. Jims braune Augen wanderten die Gipfel entlang und er fragte sich, ob es ihm und Danny gelingen würde, die alte Holzfällerstraße zu erreichen. Beziehungsweise ob es ihnen gelänge, bei der immer dicker werdenden Schneedecke jene Straße überhaupt jemals zu finden? Schließlich konnte eine alte, unebene Straße unter einem dicken, weißen Teppich schnell verschwinden.

„Falls wir die Straße nicht finden können", ließ Danny plötzlich vernehmen", „müssen wir unseren Weg über diese Berge hier fortsetzen und in Richtung Autobahn marschieren."

Jim rollte mit den Augen. Alles klar. Vermutlich glaubte Danny auch daran, Stecknadeln im Heuhaufen zu finden!

Tina zweifelte nicht weniger. „Nein, Danny, das ist unmöglich. Wir könnten eventuell auf eine verlassene Hütte stoßen, aber die Autobahn ist sehr, sehr weit weg."

Dannys Lippen wurden zu einem schmalen Strich, aber er würde niemals mit seinem Mädchen streiten. „Ja, wahrscheinlich."

Dannys starrer Blick suchte immer noch die Wiese vor ihnen ab, als sein Kopf plötzlich nach vorne schnellte und er auf etwas zeigte. Einen Augenblick später schoss er aus dem Schutz der Bäume hervor. Dicker Schnee ließ seine Haare in nur kurzer Zeit vollkommen weiß werden.

„Ich sehe überhaupt nichts", ließ Kimberly vernehmen.

„Da oben." Danny war offensichtlich erregt. Er drehte sich zu Jim und den Mädchen um. „Kommt hier heraus, hier könnt ihr es sehen." Sobald sie neben ihm standen, deutete er erneut auf etwas. „Da oben. Das sieht aus wie eine große Felsbank oder so etwas."

Jim zuckte mit den Schultern. „Ja, und?"

„Seht genau hin", wies Danny an. „Seht ihr den Rauch? Das bedeutet, dass da oben eine Hütte steht." Siegesgewiss wirbelte er umher. „Und in der Hütte ist jemand!"

Tina blinzelte mit den Augen. „Es ist schwierig, durch den Schnee hindurch etwas zu erkennen, aber ... warte mal! Ich kann tatsächlich Rauch sehen!"

Jim und Kimberly versuchten immer noch zu verstehen, was dieser ganze Aufruhr sollte. Doch endlich sahen sie es: Kleine graue Rauchwölkchen vermengten sich mit dem herabfallenden Schnee.

„Wir müssen Shawn dort hochbringen!“, platzte Kimberly heraus.

Danny betrachtete ihre Gesichter. Er war unschlüssig. „Hier ist es viel steiler als dort, wo wir vorher waren.“ Er warf einen flüchtigen Blick auf Shawn, der noch immer ganz verloren unter dem Baum saß. „Also, hört zu: Ich klettere jetzt nach oben und hole Hilfe.“

Jims Mundwinkel zuckten. „Und was machst du, wenn du dich verirrst?“

Danny schüttelte seinen dunklen Schopf. „Bleib mal locker, Jim! Wie kann ich mich verirren, wenn ich meine Augen auf den Rauch gerichtet halte?“

„Aber ich habe kein gutes Gefühl, wenn wir nicht alle zusammenbleiben“, jammerte Kimberly.

„Nun, wir können nicht alle gehen!“ Jims braune Augen wurden schmäler. „Ich werde mit Danny gehen und wir werden gleich wieder zurückkommen. Es wird nicht lange dauern.“

„Vielleicht könnt ihr uns dann aber nicht mehr finden“, gab Shawn zu bedenken.

„Hört zu, wir werden euch finden. Hört also auf, euch Sorgen zu machen. Lasst uns jetzt aufbrechen. Keiner ist scharf darauf, durch den Schnee zu stapfen, und wenn wir jetzt auch noch Shawn mitnehmen würden, würde uns das nur aufhalten.“

Jim wusste, dass sein Bruder Recht hatte. Ihre Wanderschuhe waren vom Eintauchen in dem Fluss völlig nass. Es war sowieso nicht ausgeschlossen, dass sie alle eine Erfrierung bekamen, bevor das alles hier überstanden war – aber warum sollte man es auch noch heraufbeschwören?

„Danny hat Recht“, stimmte Jim zu. „Vielleicht kann uns, wer auch immer da oben in der Hütte wohnt, für Shawn eine Art Trage zusammenbauen.“

Kim blickte von dem geschwollenen, dunklen Fußknöchel ihres Bruders zu Jim hinüber. „Okay, das ist vernünftig."

„Dann ist ja alles klar", sagte Jim, wobei er unbesorgter klang, als er sich tatsächlich fühlte. „Der Rest von euch bleibt da, wo er ist, und bevor ihr euch verseht, sind wir schon wieder zurück."

Sie zögerten beide, bevor sie unter dem Schutz der Bäume hervortraten und auf die Wiese schritten. Ein Reh stand auf der Lichtung und versuchte unter dem Schnee etwas Grünes zu finden. Nun ergriff es die Flucht, während sich sein weißes Schwänzchen flink auf und ab bewegte. In diesem Moment erklang ein Schuss. Wie ein grollender Donner hallte er in den Bergen wider. Das Reh war jedoch nicht getroffen worden und Jim konnte gerade noch sehen, wie es in einer Schlucht verschwand.

Die fünf Jugendlichen schraken bei dem unerwarteten Schuss zusammen und Danny und Jim hasteten eilig zu den anderen zurück. Zitternd und ungewiss, woher der Schuss gekommen war, drängten sie sich wie zum gegenseitigen Schutz dicht aneinander.

„Ein Jäger", brachte Tina hervor, als sie ihre Sprache wieder gefunden hatte.

„Aber es ist jetzt gerade keine Jagdzeit", murmelte Shawn vor sich hin.

Die Realität erreichte ihre betäubten Sinne. Jemand von der Hütte also! Jemand, der sich über die Vorschriften hinwegsetzte und Wild schoss, wann es ihm gerade passte.

Ein Zweig krachte hinter dem Baum, an dem Shawn lehnte. Einen Augenblick später tauchte ein Mann auf. Ein zottiger, schmutziger, ungepflegter Mann mit einem struppigen, grau-braun gestreiften Bart. Er hatte durchdringende Augen und unter einem dreckigen Hut drangen lange, glanzlose Haare hervor. Außerdem war er schon ziemlich dicht an sie herangekommen. So dicht, dass die Kinder die Erde und den Wald und den Schmutz auf seinen Kleidern bereits riechen konnten.

Erschrocken starrte der Mann die Jugendlichen mit offenem Mund an. Und Jim wünschte sich sehr, er würde doch bloß dieses Gewehr auf den Boden legen!

## Auf dem Berg

Der Fremde starrte unentwegt die fünf Jugendlichen an. Seine glänzenden, braunen Augen funkelten wie die eines Eichhörnchens. Ein kleiner Schneehaufen bedeckte seinen dreckigen Hut und fiel auf seine Schultern. Als er einen Schritt nach vorn trat, wurde der Geruch seiner Kleider noch stärker. Jim warf einen verstohlenen Blick auf Kimberly und sah, dass sie ihren Kopf beiseite gewandt hatte. Er wusste, was sie jetzt empfand, denn nie zuvor war er von jemandem umgeben gewesen, der so übel roch.

Der Mann blinzelte, als könne er die Jugendlichen wegblinzeln. Dann fluchte er fürchterlich. „Dieser Berg hier gehört mir! Was habt ihr Kinder hier zu suchen?"

Jim zog eine Augenbraue hoch. Er war davon überzeugt, dass der Mann überhaupt kein Recht auf diesen Berg hatte, aber er beschloss, dass es wohl weiser war, das jetzt nicht mit ihm auszudiskutieren.

„Wir sind Boot gefahren", erklärte Shawn von seinem Platz auf der Erde aus, „und als der Sturm aufkam, fiel ich über Bord. Das Boot wurde an einem scharfen Felsen aufgerissen."

Der Einsiedler glotzte überrascht zu ihm hinüber, denn erst jetzt hatte er Shawn bemerkt. Nun wanderten seine Augen von Shawns blassem Gesicht zu seinem geschwollenen Fuß und zu seinem Fußknöchel. Die anderen hatten Shawn seine Socke ausgezogen, damit sein Fuß, der sich mit beängstigendem Tempo immer dunkler färbte, mehr Platz hatte.

„Nun, dann macht jetzt, dass ihr von meinem Land fortkommt!“, zischte der Mann böse.

Danny bemühte sich sehr, cool zu bleiben. „Das würden wir, wenn wir könnten, Mister, und wir haben versucht, die Straße zu finden, die von hier herausführt, aber sie muss Meilen von hier entfernt sein.“

„Hah!“, brummte der Einsiedler. „Versucht es auf der anderen Seite des Berges!“ Er deutete hinter seine Hütte nach oben weg.

Nun ergriff Jim das Wort. Es war das erste Mal, dass er etwas sagte. „Können Sie uns dabei bitte helfen? Wir schaffen es einfach nicht, Shawn zu tragen.“ Er deutete mit dem Kopf zu seinem Freund.

„Was verdammt noch mal erwartet ihr von mir?“

Kimberly trat nahe an Jim heran und begann, den alten Mann anzuflehen: „Wir haben den ganzen Tag lang keine Hütte gesehen. Könnten wir nicht nur so lange bei Ihnen bleiben, bis jemand von uns Hilfe geholt hat? Das ist doch wirklich nicht zu viel verlangt.“

„Har – umph!“ Der schmutzige Bart schien einen Moment lang zu beben und die kleinen, glänzenden Augen wurden nun noch schmäler. „Ich weiß, was ihr Kinder im Schilde führt. Ihr wollt meine Bergmine finden, stimmt's?“

„Bergmine?“, echote Jim verdutzt. „Wir wussten noch nicht einmal, dass es hier oben eine Bergmine gibt.“

Der Einsiedler wischte seine schmierigen Hände an seiner dreckverschmierten Hose ab. „Natürlich habt ihr das!“, widersprach er. „Viele Leute haben von der *Lost Paralta*-Mine hier oben gehört.“ Ein listiger Blick ging von seinen kleinen, glänzenden Augen aus. „Noch hat sie niemand gefunden, weil ich auf sie schieße und sie verscheuche.“

Tiefe Runzeln durchfurchten Jims Stirn. Er hatte in der

Schule ein wenig über die Geschichte Arizonas gelernt und wusste, dass sich die alten *Paralta*-Minen unten bei *Tucson* in der Wüste befanden. Aber das war jetzt nicht der richtige Zeitpunkt zum Diskutieren. Wenn dieser alte Knacker dachte, er hätte eine der *Paralta*-Minen gefunden, würde Jim nichts anderes behaupten.

Der alte Mann runzelte ebenfalls die Stirn. Spuren von Dreck lagen in seinen Falten und hinterließen schwarze Linien. „Wer seid ihr überhaupt?"

Jim straffte seine Schultern und versuchte stark auszusehen. Er zeigte mit dem Finger: „Ich bin Jim und das ist mein Bruder Danny. Neben ihm ist Tina, seine Freundin. Und das ist Kimberly und ihr Bruder Shawn." Er räusperte sich und bewegte seine kalten Zehen hin und her. „Und Mister, wir wussten wirklich nichts von Ihrer Bergmine. Wir machen uns nicht einmal etwas daraus. Von uns aus können Sie das ganze Gold, das Sie darin finden, haben."

Sofort blickte der Mann Jim finster an. „Wenn du nichts wusstest, wie kannst du dann überhaupt wissen, dass sie Gold enthält?"

„Oh, Mann! Ich hab es nicht gewusst. Ich habe es mir gerade gedacht."

Kimberly hatte das Gefühl, dies wäre ein geeigneter Moment, um das Thema zu wechseln. „Sie haben uns noch gar nicht Ihren Namen gesagt."

Der Mann schnaubte verächtlich. „Da hast du ganz Recht, du Göre!", war alles, was er dazu sagte.

Danny scharrte mit seinen Füßen. „Sir", begann er freundlich, „wir befinden uns hier wirklich an einem kritischen Ort. Wenn Sie uns erlauben würden, mit in Ihre Hütte zu kommen, um uns aufzuwärmen ... Soviel wir wissen, könnte es jederzeit aufhören zu schneien und wir würden uns sofort wieder davonmachen. Irgendwie ...", beendete er seinen Satz schlaff.

„Unsere Füße erfrieren bereits", fügte Tina sanft hinzu.

Der Einsiedler hatte einen Priem Kautabak in einer Backe und spuckte einen langen Strahl brauner Flüssigkeit aus. „Das ist nicht mein Problem. Außerdem könnte es, so wie es aussieht, bald zu einem Schneesturm kommen und ihr würdet dann auf dem Trockenen sitzen. Ich kann keine Besucher gebrauchen."

„Sie könnten eines Tages selbst einmal Hilfe gebrauchen", flehte Kimberly. „Stellen Sie sich vor, Sie sind solch einem Wetter hilflos ausgeliefert."

Die schmutzige Kreatur vor ihnen schien hin und her zu überlegen. Sie beobachteten, wie die Schneedecke draußen auf der Wiese mit jeder Minute höher wurde. Bald würden sie nicht einmal mehr den Weg nach oben zu der Hütte finden. Die Rauchfahne, die sie noch vor kurzer Zeit gesehen hatten, war nun so gut wie nicht mehr sichtbar.

„Das gefällt mir gar nicht", knurrte der Mann. „Überhaupt nicht." Er nahm einen tiefen Atemzug, bückte sich plötzlich und hob Shawn auf seine Arme. Wie einen Kartoffelsack schleuderte er sich ihn über eine seiner Schultern und trat mit schwerfälligen Schritten aus den Bäumen hervor. „Dann könnt ihr mir genauso gut folgen", knurrte er.

Jim und Kimberly tauschten ein schnelles, dankbares Lächeln aus. Ein oder zwei Schritte vor ihnen starrte sie Shawn aus weit aufgerissenen Augen an. Danny grinste, nahm Tinas Hand und folgte den anderen.

Der Einsiedler, dessen Name immer noch ein Geheimnis war, lief derart schnell, dass die vier kaum Schritt halten konnten. Während sie die meiste Zeit im Trott mitliefen, marschierte der Fremde in flinken, sicheren Schritten voran, wie jemand, der in den Bergen und im Wald zu Hause ist. Währenddessen baumelte Shawn hilflos über seiner Schulter und flehte Jim mit seinen Augen an, etwas zu unternehmen. Aber da keiner von ihnen Shawn hätte tragen können, lächelten sie nur und nickten ihm aufmunternd zu.

„Ich glaube, meine Füße sind erfroren“, stöhnte Kimberly einmal.

Jim drückte ihre Hand. „Meine auch. Wanderschuhe waren noch nie für Schnee geeignet.“

Ihre Jacken waren zwar warm, hatten aber keine Kapuzen, wodurch ihre Köpfe mit Schnee bedeckt waren. Der tobende Wind wirbelte den Schnee um sie herum, der nun schon über sechs Zentimeter dick auf der Wiese lag. Bald befanden sie sich jedoch erneut unter dem Schutz der Bäume und kletterten stetig aufwärts. Dennoch: Falls der Schneefall auch nur ein klein wenig heftiger werden sollte, bedeutete dies ein totales Chaos und sie würden sich tatsächlich verirren.

Als könnte der Einsiedler ihre Gedanken lesen, sagte er plötzlich: „Macht euch keine Sorgen, ich würde mich hier niemals verirren. Ich finde den Weg zu meiner Hütte auch in der dunkelsten Nacht.“

Jim und Danny blickten einander an und zuckten mit den Schultern.

„Er ist wirklich seltsam“, flüsterte Kimberly. „Wenn wir *irgendwo* anders unterkommen könnten, wäre ich die Erste, die dabei wäre!“

„Können wir aber nicht“, antwortete Jim wie aus der Pistole geschossen. „Denk daran, Kimberly, wir haben gebetet, dass Gott uns helfen würde, und er hat es getan.“

„Ich weiß“, antwortete Kimberly und fügte gequält hinzu: „Ich wünschte nur, Gott hätte uns eine kleine, alte Großmutter geschickt, die uns in ihr Häuschen mitnehmen und uns heiße Schokolade und Kekse geben würde.“

Jim zog seine linke Augenbraue hoch und grinste. Ihr

gesamter Proviant war in den Fluss gespült worden, zusammen mit allen anderen Sachen. „Da unser Essen fort ist, hoffe ich natürlich sehr, dass der alte Knabe in seiner Hütte etwas zu essen hat."

Kimberly brachte ein süßsaures Lächeln zustande. „Vermutlich verabreicht er uns so etwas wie gebratenes Stinktier oder gekochten Waschbär." Dann hellte sich ihr Gesicht auf. „Immerhin wurden nicht auch noch unsere Jacken weggespült."

Als der Aufstieg steiler wurde, waren sie alle außer Atem, mit Ausnahme von Shawn und dem Einsiedler. Der sprang wie ein Hirsch den Berg hinauf, während Shawns Körper auf seinem Rücken auf und ab schlug. Selbst Danny, der mehrere Sportarten betrieb, musste hin und wieder anhalten, um nach Luft zu schnappen. Einige Male griff er nach seinen Knien.

Jim kletterte über einen riesigen Felsblock, setzte sich darauf und zog dann Kimberly hinterher. Als sie über ihre Schultern blickten, sahen sie, dass sie die Hütte jetzt völlig aus dem Blickwinkel verloren hatten. Und die Wiese, die sie überquert hatten, lag bereits weit, weit unten.

„Müssen wir auf der anderen Seite wieder herunterklettern?" Kimberly runzelte die Stirn.

„Ich glaube nicht. Er sagte, die Straße sei dort über dem Berg."

„Aber Jim", protestierte Kimberly, „was werden wir tun? Shawn kann doch nicht über den Berg gehen und wir können ihm nicht helfen!"

Jim schob seinen Kiefer hin und her. Schließlich schüttelte er seinen Kopf. „Ich weiß es nicht, Kimberly. Wir müssen einfach darauf vertrauen, dass Gott alles in seiner Hand hat."

„Warum verrät er uns wohl nicht seinen Namen?", fragte Tina plötzlich. Danny ergriff ihre Hand und zog sie den Berg hinauf. „Wenn ich das wüsste! Der alte Knabe ist seltsam, *äußerst seltsam*!"

Jim war völlig außer Atem. Er fragte sich, ob Shawn sich wohl so miserabel fühlte, wie er aussah. So, wie ihn der Einsiedler trug, hätte er auch ein Stück Wild sein können, das den Berg hochgeschleppt wird. Hin und wieder konnte Jim hören, wie Shawn stöhnte. Außer diesem gelegentlichen Stöhnen vernahm man jedoch keinen Laut von ihm.

Eine Art Hochebene wurde sichtbar und Jim sah, wo die Mine ungefähr liegen musste. In einer Blechhütte schienen einige Maschinen zu stehen. Daneben war so etwas wie ein Minenschacht. So viel zu einer verlassenen *Paralta*-Mine!

Kim machte Halt, stemmte die Hände in ihre Hüften und krümmte ihren Rücken. Ihr Atem war in der kalten Luft frostig weiß und sie war mit Schnee bedeckt. „Meine Füße!", stöhnte sie und stampfte auf dem Boden auf. Einen Augenblick später deutete sie mit dem Finger auf etwas. „Ich kann die Hütte sehen."

Jim folgte ihrem Blick. „Wenn das die Hütte ist, dann ist es mit Sicherheit eine kleine Hütte. Ich kann keine ..." Verwirrt brach er ab. „Nein, Kim, das da drüben muss die Hütte sein. Mehr rechts, näher bei der Mine."

Kimberly schirmte ihre Augen mit der Hand ab, um nach dem zu spähen, was sie zuerst gesehen hatte. „Aber Jim", beharrte sie, „wenn das, was du siehst, die Hütte ist, was sehe ich dann? Ich sehe ganz sicher Rauch aus dem kleineren Haus kommen."

Jim gab sich große Mühe. Sie hatte tatsächlich Recht! Meine Güte, wenn dieser Schuppen da wirklich brannte, konnte er den ganzen Wald anstecken und damit auch die Hütte abbrennen! Und dann könnte keiner von ihnen noch irgendwo Zuflucht nehmen!

## Das Räucherhaus

Der Einsiedler und Shawn befanden sich bereits weit vorn. Der Mann war tatsächlich nur noch wenige Meter von der Eingangstür seiner Hütte entfernt. Er schien es äußerst eilig zu haben, aus dem blendenden Schnee in die Hütte hineinzugelangen. Shawn, der immer noch auf seinem Rücken hin und her baumelte, blickte äußerst düster und deprimiert drein. Er hatte nun nahezu eine Stunde mit dem Kopf nach unten gehangen und fühlte sich sehr erschöpft. Außerdem tat ihm sein Fußknöchel ziemlich weh.

Danny blickte auf Shawns Gesicht, zuckte mit den Schultern und dachte bei sich: *Es hätte schließlich auch schlimmer kommen können. Shawn hätte ertrinken können.*

Tina ergriff Dannys Hand. „Du warst wunderbar, Danny! Ich glaube, wir waren alle so besorgt um Shawn, dass wir völlig vergessen haben, dir zu danken."

Danny wurde purpurrot und sah verlegen aus. „Nun ja, jeder hätte das gemacht, was ich gemacht habe."

„Aber es war nicht jeder, *du* warst es, Danny!"

Danny gab keine Antwort und Jim wusste, dass Danny ganz einfach nur wollte, dass das Thema gewechselt wurde.

Der Wind blies so kräftig, dass man die Hütte des alten Mannes durch den wehenden Schnee kaum sehen konnte. Aber dann beruhigte er sich wieder, gerade lange genug, bis die vier Jugendlichen die Eingangstür erreicht hatten.

„Ich halte jetzt meine Nase zu", sagte Kimberly kläglich, „oder vielleicht sollte ich das Atmen ganz einstellen."

Jim lachte. „Er stinkt wirklich ziemlich grässlich. In seiner Hütte stinkt es möglicherweise noch schrecklicher. Aber zumindest sind wir nicht mehr im Schnee und können unsere Füße aufwärmen."

Der alte Mann hatte Shawn offensichtlich irgendwo abgeladen, denn als er die Tür einen Spalt breit öffnete, war Shawn nicht mehr zu sehen. „Ihr könnt genauso gut reinkommen", brummte er, aber seine Stimme klang feindselig und böse. In diesem Moment riss ihm der Wind die Tür aus der Hand und schleuderte sie gegen die Außenwand.

Die Hütte bestand aus rohen Brettern, die vom Wetter tiefgrau geworden waren. Als der Wind erneut zum Stillstand kam, konnte Jim einen langen, ausgetretenen Pfad erkennen, der zu der Hütte führte, von der der Rauch kam.

„Mister", sagte er, „ich glaube, Ihre Hütte steht in Feuer."

Einen Moment lang sah das schmutzige Gesicht völlig verwirrt aus. Dann waren in seinen Augen kurz hintereinander Schock, Verschlagenheit und Angst zu lesen. Eine Zeit lang schien der Einsiedler völlig ratlos zu sein, wie er antworten sollte.

„Ach, die", meinte er mit einer beschwichtigenden Handbewegung. „Habt ihr Kinder etwa noch nie ein Räucherhaus gesehen? Dort räuchere ich das Fleisch, das ich jage. Schließlich kann ich nicht einfach immer ins Geschäft rennen und mir holen, was ich brauche."

Jim schritt durch die Türöffnung hindurch und blickte sich um, um zu sehen, was inzwischen mit Shawn geschehen war. Der alte Mann hatte ihn unter einem Dachvorsprung am Eingang der Hütte abgeladen.

„Ich helf dir, Shawn."

Er wollte sich gerade dazu aufmachen, aber der Einsiedler war schneller. Geschickt schwang er den Jungen erneut über seine Schulter, galoppierte nach innen und platzierte ihn auf einem schmutzigen, schmierigen Sofa, das alt und zerfetzt aussah. Das rechte Auge des alten Mannes war halb geschlossen, während er jeden Einzelnen der Jugendlichen verächtlich musterte. Dann schloss er die Tür mit einem abgrundtiefen Seufzer, als würde ihm erst jetzt klar, dass es keine andere Möglichkeit gab, als gemeinsam den Sturm abzuwarten. Anschließend drehte er sich um und sein schaudernder Seufzer ließ sie deutlich erkennen, wie sehr ihm diese Notlösung zuwider war. Dann verschwand er in einem Zimmer, das wohl sein Schlafzimmer sein musste.

„Whew!", flüsterte Jim.

Kimberly hatte aufgehört zu atmen, und als sie schließlich die Luft herausließ, ertönte ein explosiver Laut.

Shawn starrte zu den anderen hoch, mit Augen, die so groß waren wie die einer Eule. Sein Knöchel sah böse aus, riesengroß und schwarz, und an der Seite seines Beines strömte erneut Blut herunter. Jim wollte gerade einen näheren Blick darauf werfen, als die Schlafzimmertür aufflog und der Mann ihm einen langen, schmalen Stofffetzen zuwarf, der wohl einmal weiß gewesen war.

„Den Knöchel sollte man wohl besser verbinden", sagte er schroff und verschwand aus dem Türrahmen.

Der Wind pfiff schrill um die Hütte. Er klang wie ein verwundetes, schreiendes Kind. Nur ein Blick aus dem schmutzigen Fenster, das der Bergmine gegenüberlag, genügte, um zu erkennen, dass der Sturm jetzt zu einem richtigen Schneesturm geworden war.

Jim dachte daran, wie sie sich alle am Abend zuvor den Wetterbericht im Fernsehen angesehen hatten, um sicherzugehen, dass dies ein guter Tag für ihr Abenteuer werden würde. Alles, was die Wettervorhersage vorausgesagt hatte, war, dass das Wetter kühl werden könnte und dichte Wolken den Himmel bedecken würden. Er stieß einen tiefen Seufzer aus. Er erinnerte sich an die vielen Male, als der Wettermann vollkommen ins Schwarze getroffen hatte. Schlechtes Wetter konnte hier oben im Hochland völlig unerwartet einbrechen und die Gegend im Handumdrehen in eine Schneelandschaft umwandeln.

„Nun, mutige Abenteurer“, ließ Danny munter verlauten, „dann wird dies heute Nacht wohl unser Zuhause sein. Das Beste ist, wir gewöhnen uns an diesen Gedanken.“

Tina versuchte ihre Finger durch ihr nasses, strähniges Haar zu streifen. „Du meinst, wenn uns der alte Mann nicht rauswirft.“

Kimberly runzelte die Stirn und blickte sich im Zimmer um. Eine altmodische Anrichte nahm einen großen Teil des Raumes ein. Obendrauf stand ein kleines Radio, das in den Dreißigern einmal modern gewesen war. Ein Feuer glühte im felsigen Kamin. Vor dem Sofa, auf dem Shawn lag, stand ein klappriger, kleiner Tisch. In dessen Nähe wiederum standen ein mit Essensresten verkrusteter Tisch und drei wacklige Stühle. Über dem Kaminsims funkelten die zornigen Augen einer Elchtrophäe, die die Eindringlinge vorwurfsvoll anblitzten. Die Ecken des Raumes waren mit Spinnweben verziert und der uralte Fetzen unter ihren Füßen, der als Kaminvorleger diente, hatte allem Anschein nach schon seit Monaten keinen Teppichklopfer mehr gesehen.

„Na ja, es riecht nicht ganz so schlimm, wie ich es mir vorgestellt hatte“, gestand Kim versöhnlich.

Jim ließ lieber nicht verlauten, dass er einen Geruch

wahrnahm, der entfernt an den eines Stinktieres erinnerte. Zumindest erstickte das knisternde Feuer den Gestank größtenteils und verlieh dem Raum eine – nahezu – angenehme Atmosphäre.

Etwas unsicher, wie sie sich verhalten sollten, drängten sich die vier Jugendlichen um Shawn. Sie fühlten sich irgendwie hilflos und sie hatten Hunger. Würde ihnen der alte Mann etwas zu essen geben oder nicht? Inzwischen war es viertel vor sechs und draußen fast dunkel. Dies war ein langer, ermüdender Tag mit viel Schrecken gewesen und sie waren todmüde.

Plötzlich wurde die schwere Tür aufgerissen und der grauhaarige Mann stand im Türrahmen. Wütend funkelte er die Jugendlichen an. Schnee wirbelte in den Raum hinein und ein eisiger Hauch drang ins Innere der Stube.

„Ist etwas nicht in Ordnung?“, stammelte Danny.

„Nicht in Ordnung?“, echote der Einsiedler. „Was fällt euch überhaupt ein? Pfercht euch hier zusammen wie Schweine an ihrem Trog! Ihr Kerle kommt jetzt mit mir nach draußen und helft mir mit dem Holz, bevor es noch vollkommen nass wird.“

Jim richtete seine Schultern auf und schlüpfte wieder in seine nassen Wanderschuhe. Er fragte sich, ob er wohl jemals wieder warme Füße haben würde. Danny blickte finster zu ihm hinüber und die beiden Jungs gingen zusammen nach draußen.

„Wie können wir Ihnen helfen?“, fragte Danny höflich.

Türme von Schnee bedeckten den Hut und die Schultern des Mannes. Er deutete auf einen großen Holzstapel. „Wir müssen Holz nach drinnen bringen, viel Holz. Ihr Jungs macht euch damit nützlich, so lange ich im Räucherhaus nachschaue. Dort muss auch ein neues Feuer angefacht werden, damit das Fleisch richtig räuchern kann.“

„Ich könnte für Sie ins Räucherhaus gehen“, bot sich Danny an.

Kaum hatte Danny diese Worte ausgesprochen, als sich der Mann abrupt aufrichtete. Seine bauschigen Augenbrauen zogen sich zu einem Stirnrunzeln zusammen, das Jim als boshaft empfand. Die kleinen, runden, glänzenden Augen schienen die Jungs regelrecht zu durchbohren. „Lasst uns das jetzt gleich ein für alle Mal klären. Außer mir setzt keiner jemals seinen Fuß in das Räucherhaus! Habt ihr das kapiert?“

Jim sagte sich, dass es eigentlich keinen Grund gab, sich zu fürchten, aber er konnte es dennoch nicht verhindern, dass ihm kalte Angstschauer über den Rücken liefen. Die Nackenhaare standen ihm regelrecht zu Berge.

Danny zuckte nur mit den Schultern. „Natürlich, Mister, wenn Sie das sagen. Immerhin ist es Ihre Hütte.“

„Da hast du Recht!“ Die zusammengekniffenen Augen bewegten sich langsam hin und her, bis sie an dem Schuppen hängen blieben. Dann wurde sein Ton etwas milder. „Fleisch räuchern ist eine heikle Angelegenheit. Man muss genau wissen, was man tut. Außerdem braucht man dazu eine bestimmte Art Holz, nicht dieses blöde Kiefernzeug.“

Jim fragte sich im Stillen, welche Art von Holz das wohl sei, aber er entschloss sich, nicht zu fragen. Diesen Menschen schien jedes Thema zu reizen. Es war besser, man tat, was er sagte, und stellte keine Fragen. Also schritt er zurück in die warme Hütte, seine Arme mit Holz beladen. Dort lud er die Holzblöcke in einer großen Box in der Nähe des Kamins ab und ging wieder nach draußen, um noch mehr Nachschub zu holen.

Gerade, als die beiden Brüder fast schon zu sehr durchgefroren waren, um auch nur ein Glied zu bewegen, befahl ihnen der Einsiedler plötzlich, stehen zu bleiben.

„Das reicht. Dürfte genügen, um den Schneesturm zu überdauern."

„Sir", begann Jim zaghaft, „haben Sie ein Badezimmer, in dem wir uns waschen können?"

Der Mann starrte ihn an, als spräche er eine andere Sprache. Boshaft kniff er ein Auge zusammen. „Waschen!" Ein weiterer Lacher. Dann deutete er mit dem Finger auf etwas. „Siehst du das winzige Gebäude dort drüben mit dem geschnitzten Halbmond in der Tür? Das ist das Badezimmer."

Danny und Jim tauschten erneut einen flüchtigen, ängstlichen Blick aus. Sicher, sie hatten schon von altmodischen Plumpsklos gehört, aber dies war das erste Mal, dass sie tatsächlich eines vor Augen hatten. Keiner von ihnen äußerte ein Wort.

„Wenn ihr euch waschen wollt", fügte der Einsiedler hinzu, „bei der Tür sind eine Waschschüssel und ein Handtuch."

Jim versuchte zu schlucken, aber sein Hals war trocken. Er konnte die Schüssel gut sehen. Sie enthielt schmutziges Wasser, das bis morgen gefroren sein würde, und das Handtuch war ein dreckiger, zerrissener Fetzen, der neben der Schüssel an einem Nagel hing. Er fragte sich, wie viel Zeit verstrichen war, seit der Mann das letzte Mal die Schüssel benutzt hatte.

Der Einsiedler machte an der Tür Halt und drehte sich zu den Jungs herum. „Ihr könnt euren Freunden ruhig von dem Räucherhaus erzählen. Das ist eine absolute Verbotszone."

## Eine sehr lange Nacht

Der Einsiedler, der sie schließlich wissen ließ, dass sein Name Matthew war, warf Kaninchen-, Kartoffel- und Karottenstücke in einen großen Topf und hängte ihn über die roten und gelben Flammen des Kamins. Fünfundvierzig Minuten später war die schmutzige Hütte mit einem angenehmen Aroma erfüllt.

Mit ihren knurrenden Mägen konnten die fünf Freunde nur inbrünstig darauf hoffen, dass Matthew beabsichtigte, das Essen mit ihnen zu teilen.

„Mensch, bin ich froh, dass wir beschlossen haben, Jiggers nicht auf diesen Ausflug mitzunehmen!", ließ Jim einmal beiläufig verlauten.

Shawn nickte und der alte Mann sah interessiert auf. „Was verflixt noch mal ist Jiggers?"

„Das ist mein kleiner Schäferhund. Er hätte nie den ganzen Weg bewältigen können und ich hätte es nicht geschafft, ihn den Berg hinaufzutragen."

Matthew brummte, sichtlich zufrieden mit Jims Erklärung. „Ich kann hier oben keine Hunde gebrauchen. Wäre nur ein weiteres Maul zum Füttern."

Nun schüttete der Mann etwas Mehl, Salz und Backpulver in eine Schüssel und gab dann noch Wasser hinzu. Er rührte wie wild darin herum. Seine hellen, kleinen Augen schnellten zu den fünf Jugendlichen rüber. „Habt ihr etwa noch nie einen erwachsenen Mann kochen sehen?"

„Entschuldigung“, sagte Kim leise und drehte sich weg.

Eine weitere Stunde verstrich. Gerade als Jim meinte, er würde vor Hunger umfallen, stellte Matthew geröstetes Brot und Kanincheneintopf auf den Tisch. Zu seinem Erstaunen zeigte sich der Mann tatsächlich großzügig mit den Portionen, die er ihnen eigenhändig aufschöpfte. Alle Anwesenden außer Matthew pflegten vor ihren Mahlzeiten ein Dankgebet zu sprechen, darum beugten sie schnell ihre Köpfe.

Das deutete Matthew falsch. „Was starrt ihr so auf das Essen?“, donnerte er. „Passt euch das etwa nicht? Ihr seid euch wahrscheinlich alle zu fein für so etwas! Nun ja, mir soll's recht sein. Ihr könnt es wieder zurück in ...“

„Oh nein!“, beeilte sich Jim zu sagen. „Wir sind dankbar für das Essen. Wissen Sie, wir haben Gott gerade dafür gedankt.“

„*Gott*?“ Das war offensichtlich ein weiteres Fremdwort für den alten Mann. „*Gott*?“, wiederholte er mit einem finsteren Blick. Dann wandte er ihnen bewusst den Rücken zu und begann gierig seinen Eintopf hinunterzuschlingen.

Den anderen entging allerdings nicht, wie er beim Schnaufen vor sich hin murmelte. „Eine ganze Welt voller Kinder und ich muss ausgerechnet auf so einen religiösen Haufen stoßen! Harumph!“

Jim lächelte verschmitzt, als er Kimberly ansah. Auch sie sah belustigt aus. Dieses verrückte Abenteuer! Sie saßen alle auf dem dreckigen Boden und streckten ihre nackten Füße zu den hochschlagenden, aufbrausenden Flammen hin. Alle außer Shawn, der immer noch auf der Couch lag.

Als Shawn seinen Teller leer gegessen hatte, stöhnte er und fragte: „Könnte mir einer von euch helfen, zu euch hinunter auf den Boden zu kommen? Meine Füße sind ganz starr vor Kälte.“

„Na klar“, antwortete Jim und sprang auf seine Füße. „Tut mir Leid, dass wir nicht früher daran gedacht haben.“

Shawn stützte sich auf Jim und humpelte zum Feuer, wo er sich dankbar niederließ. „Dieser Eintopf war ziemlich gut“, murmelte er.

Matthew drehte seinen Kopf herum und starrte ihn an. „Das Brot auch! Aber glaubst du nicht, dass du das dem Falschen sagst?“

Shawn zuckte zusammen. „Sie haben Recht, Matthew. Sie sind ein großartiger Koch.“

Einen Moment später wickelte der Mann ein schmutziges Handtuch um den Topfhenkel und ging in Richtung Tür. „Muss abkühlen, damit ich ihn abwaschen kann“, erklärte er. „Wenn ich in einem Punkt eigen bin, dann darin, stets in einem sauberen Topf zu kochen.“

Jim war sich hundertprozentig sicher, dass der Topf noch Essen enthielt. Nun ja, vielleicht war der alte Knabe in Sachen Reste ebenso „eigen“!

Draußen regierte Dunkelheit das Erdreich. Der Wind peitschte gegen die Fensterscheiben und der Boden war bereits fast fünfunddreißig Zentimeter hoch mit Schnee bedeckt. Die Kinder würden ganz sicher die Nacht in der Hütte verbringen müssen. Nicht einmal Matthew würde es wagen, sie in einer Nacht wie dieser hinauszuwerfen.

Jim legte einen weiteren Holzklotz ins Feuer. „Es ist ein großartiges Gefühl, nicht mehr zu frieren“, sagte er in den Raum hinein. Bevor er sich wieder auf den Boden setzte, spähte er aus dem Fenster. Aber es war zu dunkel, um irgendetwas zu sehen.

Einige Minuten später kam Matthew wegen der schmutzigen Schüsseln zurück. Er wollte gerade Jim zum Helfen auffordern, als sein stummer Blick auf die nackten, roten

Füße fiel, die in der Wärme des Feuers wieder langsam auftauten, und er besann sich anders. Die Tür fiel hinter ihm zu und er war wieder fort.

Kimberly kicherte. „Nun, zumindest wäscht er sein Geschirr!“

Tina lachte. „Ja, mit Schnee und ohne Seife.“ Sie zuckte mit den Schultern. „Nun ja, ich denke, wir sollten dafür dankbar sein!“

Nur Shawn kicherte nicht mit und Jim sah ihn besorgt an. „Hast du immer noch große Schmerzen?“

Shawn schniefte. „Die Schnittwunde ist nicht so schlimm, doch mein Knöchel brennt wie Feuer.“

Jim kippte etwas Schnee in eine Pfanne und hielt sie über das Feuer. Dann säuberte er behutsam die Wunde und warf einen näheren Blick darauf. Sie war nur ca. 2,5 Zentimeter lang, aber sie war ziemlich tief.

„Sie blutet nicht, Shawn, und ehrlich gesagt, möchte ich nicht noch mehr von diesem schmutzigen Verbandszeug draufmachen. Es wäre vielleicht ganz gut für deinen Knöchel, aber du könntest dir eine Infektion holen, wenn ich es auf so eine offene Schnittwunde lege.“

„Ist schon okay.“

Matthew kehrte in die Wärme der Hütte zurück, warf einen nachdenklichen Blick auf die fünf gestrandeten Kinder und stellte die Schüsseln auf den Tisch. Lange Zeit stand er still da. Er schien über etwas nachzugrübeln. Dann verschwand er wieder in seinem Schlafzimmer und kam mit einem Arm voll Decken zurück, die leicht nach Mottenkugeln rochen. Überraschenderweise waren sie nicht schmutzig. Mit zusammengekniffenen Lippen warf er sie den jungen Leuten knurrend zu.

„Die sollten ausreichen, um euch warm zu halten!“ Sein Blick verfinsterte sich. „Ich hoffe, ihr Kinder schätzt überhaupt, was ich für euch tue.“

„Mister“, sagte Kim aufrichtig, „Sie wissen nicht, wie sehr.“

„Ehrlich, Matthew ...“, setzte Jim an.

„Matthew gefällt mir nicht“, unterbrach ihn der Mann schroff. „Ich möchte Matt genannt werden.“

Jim fuhr fort, als habe ihn der Mann nicht unterbrochen. „Ehrlich, Matt, wir schätzen das sehr.“

„Ich mag es nicht, wenn Leute zu mir kommen“, brauste Matt auf. „Ich hasse Gesellschaft.“

„Nun“, sagte Danny schnell, „wir werden so bald wie möglich von hier verschwinden.“

Matt funkelte Shawn wütend an, als wäre dieses ganze Schlamassel seine Schuld. „Er kann nicht laufen“, erinnerte er Danny, „wie stellst du dir eigentlich vor, ihn über die Berge zu bekommen? Es sind viele Meilen bis zu der Holzfällerstraße.“ Danny starrte auf seine nackten Füße hinunter. „Ich weiß nicht. Vielleicht ist Shawns Knöchel bis morgen schon viel besser.“

„Das ist er sicher nicht“, prophezeite der Einsiedler.

Mit diesen Worten griff er nach einem Gegenstand, der die ganze Zeit über in der Ecke gestanden hatte. Jim zuckte zusammen, als er sah, dass es sich um ein Gewehr handelte. Matt setzte sein fiesestes Grinsen auf und legte einige Patronen ein. Ohne seinen Blick von den Kindern zu wenden, warf er eine Patrone ins Schlafzimmer. Seine Augen sagten: „Nur, dass wir uns richtig verstehen, *ich* bin hier der Boss. Es hat also keinen Zweck, auch nur irgendetwas zu versuchen.“

Jim runzelte die Stirn und fragte sich, was der Mann mit „versuchen“ meinen könnte.

In der Hütte gab es keine Elektrizität und Matt hatte die Kerosinlampe ausgeblasen. Das einzige Licht kam jetzt von den tanzenden, hüpfenden Flammen aus dem verrußten Kamin.

„Ich kann es kaum glauben, dass er inmitten dieses Chaos doch tatsächlich saubere Decken zum Vorschein bringt“, murmelte Kim.

Jim hüllte sich in seine Decke ein und drehte seinen langen, hageren Körper zum warmen Feuer. „Was, wenn der Schnee morgen zu hoch ist, um Hilfe zu holen?“

Shawn saß aufgerichtet da und umfasste schützend seinen Knöchel. „Ich habe solche Angst“, gestand er langsam. „Ich kann nicht gehen und keiner kann mich tragen.“

Jim stützte sich auf einem Ellbogen ab. „Danny wird Hilfe holen und ...“

„Ihr könnt doch nicht alle fortgehen und mich mit *ihm* alleine lassen!“, krächzte Shawn. Seine blauen Augen waren von Furcht und Selbstmitleid erfüllt.

Kimberly reagierte schnell. „Ich lasse meinen Bruder nicht mit diesem widerlichen Kerl allein zurück.“

„Und ich lasse Kimberly nicht zurück“, sagte Jim rundheraus.

„Vielleicht“, gab Tina zaghaft zu bedenken, „hat diesem widerlichen Kerl noch niemals jemand gesagt, dass Jesus ihn lieb hat.“ Sie wartete, bis die anderen diesen Gedanken aufgenommen hatten. „Vielleicht hat ihm noch nie jemand Liebe gegeben.“

„Wie dem auch sei“, warf Danny ein, „ich denke, Tina und ich holen Hilfe, während der Rest von euch hier bleibt.“

„Und was, wenn uns Matt nicht hier bleiben lässt?“

Jim schämte sich richtig, dass er so schlecht über den Einsiedler dachte. „Ich glaube nicht, dass sein Herz so schwarz ist, wie er es uns gerne glauben machen will. Ich habe da so eine Ahnung, dass er uns bleiben lassen wird.“

Danny setzte sich auf. „Ich glaube, ich habe Matt vor einer Weile schnarchen gehört. Warum beten wir also nicht, so lange wir die Gelegenheit dazu haben?“

Einer nach dem anderen dankte Gott für ihr Obdach und die warmen Decken. Dann baten sie um Führung für den nächsten Tag. Niemand hörte die leichten Fußtritte hinter ihnen, bis plötzlich eine Stimme durch den Raum donnerte.

„Auf was in aller Welt habe ich mich da nur eingelassen? Ihr Kinder müsst mit einer dieser komischen Sekten zu tun haben!"

„Oh, nein!", protestierte Jim schnell. „Wir sind Christen und wir haben Gott gerade darum gebeten, uns zu zeigen, was wir tun sollen."

Matt hielt sein Gewehr lässig in seiner großen Pranke. „Ich möchte keine religiösen Kids in meinem Haus haben! Wenn ihr die Nacht hier verbringen wollt, dann lasst das Beten bleiben!"

„Warum sind Sie so gegen Gott?", wagte Kimberly zu fragen.

Als Antwort hob Matt sein Kinn einen Millimeter an, ergriff seinen Hut und seine Jacke von einem Nagel an der Tür und ging nach draußen.

„Was denkt ihr, wo er hingeht?" Tina runzelte die Stirn.

Shawn zuckte mit den Schultern. „Wahrscheinlich aufs Klo."

Kimberly schauderte. „Dieser Ort ist fürchterlich!"

Da waren sie sich alle einig, aber keiner antwortete.

Danny wand sich aus seiner Decke heraus, um noch einen Holzklotz ins Feuer zu legen. „Oh Mann, das Feuer frisst so schnell das Holz auf, ich kann's kaum glauben!"

Der plötzliche Schuss eines Gewehres jagte alle auf ihre Beine. Danny ergriff Tinas Hand und Jim nahm Kims. Nur Shawn blieb auf dem Boden sitzen, aber seine Augen waren voller Entsetzen und Hilflosigkeit. Er kroch weit weg vom Feuer und versuchte sich zu verstecken.

„Was könnte er bei diesem Wetter wohl schießen?",

schrie Kimberly. „Man kann da draußen doch kaum was sehen."

Jim runzelte finster die Stirn. Er war verwirrt und hatte Angst. „Vielleicht versucht er nur, uns Angst zu machen. Er will uns zeigen, wer hier der Boss ist."

„Ich würde sagen, das hat er bereits getan", piepste Kim.

Einige Augenblicke später kam Matthew in den Raum zurück und schloss behutsam die Tür hinter sich. Einen langen Moment musterten seine kleinen Augen selbstgefällig die Gruppe. „Keiner wird mein Gold stehlen", murmelte er. Er deutete mit seinem Finger auf Jim. „Wenn du da draußen irgendjemanden hörst, dann sagst du Bescheid, hast du mich verstanden? Ich dulde keine Dummheiten."

Jim zitterte bei dem Gedanken, wie es wäre, wenn einer von ihnen nachts zur Toilette gehen müsste.

Sie waren bei seinen Worten alle zusammengezuckt, denn jetzt erkannten sie die Wahrheit: Sie würden die Nacht mit einem Verrückten verbringen!

## Ein Schrei in der Nacht

Die fünf Jugendlichen kauerten sich nahe am Feuer zusammen. So müde sie auch waren, sie konnten nicht sofort einschlafen. Stattdessen lagen sie da und tauschten sich im Flüsterton immer wieder über ihre gemeinsamen Erlebnisse aus.

„Dad wird einen Hubschrauber nach uns suchen lassen“, meinte Kim zuversichtlich. „Der Pilot wird den Rauch aus dieser Hütte kommen sehen und uns retten.“

„Da gibt es nur ein kleines Problem“, flüsterte Jim zurück. „Wir befinden uns an einem Berghang. Ein Hubschrauber könnte hier niemals landen.“

Kimberly blieb unverzagt. „Nun, dann müssen wir eben zur Wiese zurückkehren.“

Danny blies sanft seinen Atem aus. „Und Shawn?“

Kimberly rollte ungeduldig mit den Augen. „Hast du schon einmal etwas von Armschlingen gehört, die man verwendet, um Leute aus schwierigen Orten herauszuholen?“

„Na ja ... wir werden sehen.“

Es folgte eine Gesprächspause. Plötzlich bemerkten alle, wie ungewöhnlich still es geworden war. Es war, als hielte die Welt andächtig den Atem an.

„Der Wind ist zum Stillstand gekommen“, brach Jim endlich das Schweigen. Er befreite sich aus seiner Decke und lief zum Fenster, um hinauszuspähen.

Wahrhaftig. Die heftigen, kreischenden Laute, die der Wind von sich gegeben hatte, als er um die Hütte getobt und durch die Spalten gepfiffen hatte, waren vollkommen erloschen.

„Es hat auch aufgehört zu schneien“, berichtete Jim. „Aber, liebe Leute, da draußen liegen Tonnen von Schnee!“

„Dem Hubschrauber wird der Rauch aus dem Kamin auffallen“, versicherte ihnen Kimberly noch einmal.

Jim hoffte, sie würde Recht haben, aber er erinnerte sich an Bilder im Fernsehen, wo sich Leute verirrt hatten und weder Rauch noch irre umherschwenkende Arme es vermocht hatten, die Aufmerksamkeit eines Piloten auf sich zu ziehen.

Er kam zurück und legte einen großen Holzklotz auf die letzten Funken. Dann rollte er sich wieder in seine Decke ein. Die Kälte war langsam ins Zimmer eingedrungen und er zitterte.

„Der alte Kerl ist total verrückt!“, murmelte Shawn.

„Shhh! Er könnte dich hören!“

„Machst du Scherze? Der schnarcht da drinnen wie eine Dampflok!“

„Ich fürchte, Shawn hat Recht“, sagte Tina leise. „Sein Verstand ist tatsächlich verwirrt. Ich fühle mich so sicher wie ein Wildkaninchen, das in den Gewehrlauf einer Schrotflinte starrt!“

Kimberly blies Luft durch ihre Nase. „Ich weiß, was du meinst.“

Sie schwiegen alle für einige Minuten und Jim fragte sich langsam, ob er der Einzige war, der noch wach war. Dann hörte er Shawn stöhnen und Kim wälzte sich unruhig hin und her. Jim wandte sich zu seinem Bruder um.

„Wie wird es wohl weitergehen?“, wagte er zu fragen.

„Ich, ähm, habe einen Plan. Es ist vielleicht kein sehr guter Plan, aber es ist alles, was mir bis jetzt eingefallen ist." Sie warteten alle gespannt, was Danny ihnen jetzt mitteilen würde. „Okay, Matt sagt, die alte Holzfällerstraße liegt jenseits der Berge, nicht wahr?" Ohne auf Zustimmung oder Widerspruch zu warten, fuhr er eilig fort: „Ich denke, es kann nicht allzu weit sein. Vielleicht drei Kilometer oder so."

„Aber der Schnee!", zischte Shawn. „Was ist mit dem ganzen Schnee da draußen?"

„Nun, ich hoffe, ich habe das auch gut kalkuliert. Matt hat da drüben bei der Tür einige Stiefel und Überschuhe stehen. Wenn wir ihn überreden könnten, uns diese auszuleihen, sind wir vor Erfrierungen so gut wie gefeit und könnten viel schneller zurückkommen."

„Oh, natürlich", spöttelte Shawn. „Als ob er tatsächlich bereit wäre, euch etwas auszuleihen!"

„Vielleicht könnten wir damit hinausschleichen, bevor er überhaupt aufwacht", schlug Tina vor.

Danny biss sich auf die Lippen. „Das möchte ich nicht tun. Außerdem könnten die anderen dadurch ganz schöne Schwierigkeiten bekommen."

„Ja", platzte Jim dazwischen. „Vergiss nicht, dass wir hier bleiben müssen."

Tina stieß einen Seufzer aus. „Du hast Recht, Danny. Ich würde das auch nicht tun."

Sie lagen einen Moment lang still da und lauschten in die Stille hinein. Jim fiel auf, dass Matthew nicht mehr schnarchte. Hatte er sich umgedreht oder ... Beunruhigt wandte er seinen Kopf in Richtung Schlafzimmer. Im flackernden, roten Lichtschein sah er Matts riesige Gestalt, wie er im Türrahmen stand und sie beobachtete.

Jim tat so, als habe er ihn nicht gesehen. Er ergriff das Handgelenk seines Freundes. „Shawn!", zischte er.

Shawn war bereits eingedöst und schrak jetzt hoch. „Was ist?"

„Schau jetzt nicht hin, aber Matt ist wach und beobachtet uns alle."

Langsam, ganz langsam, drehte sich Shawn um und betrachtete die Umrisse des Einsiedlers im Licht des Kaminfeuers. Er verlieh seiner Stimme den tiefsten Klang, den er zustande brachte, und sagte dann laut: „Können Sie auch nicht schlafen, Matt?"

Matt brummte abgrundtief. Sobald er bemerkt hatte, dass er gesehen worden war, drehte er sich um und einige Minuten später war wieder sein lautes Schnarchen zu hören.

Kim zitterte, aber nicht vor Kälte. „Warum, denkt ihr, hat er das getan?"

„Ich weiß es nicht", murmelte Danny, „aber eines kann ich euch sagen: Ich werde zusehen, dass wir alle so bald wie möglich hier wegkommen."

„Ich kann nicht glauben, dass Gott es zulassen würde, dass Matt einem von uns etwas antut", bekundete Jim. „Schließlich hat uns der Herr direkt zu diesem alten Mann geführt." Er zögerte. „Oder ihn zu uns, wie auch immer."

„Ich kann mich immer noch nicht mit dem Gedanken anfreunden, drei von euch hier zurückzulassen ..." Danny brach abrupt ab, als plötzlich draußen in der Dunkelheit ein Schrei erscholl. Ärgerlich und ängstlich verhallte der Schrei in der Nacht.

„Was in aller Welt ..." Kimberly verstummte ebenfalls, als das heftige Stampfen bloßer Füße aus dem Schlafzimmer zu hören war. Was auch immer sich hinter diesem Geräusch verbarg, Matt jagte wie von der Tarantel gestochen los.

Die fünf Jugendlichen rückten näher ans Feuer heran, als sich der Einsiedler auf den Tisch hinunterplumpsen ließ, um ein Paar Stiefel anzuziehen. Einen Augenblick später hatte er seine schwere Jacke von einem Nagel in der Nähe der Tür heruntergerissen und verschwand damit in der Schneenacht.

„Was denkt ihr, was das war?“ Shawns Stimme bebte.

„Keine Ahnung.“ Jim hatte sich aus seiner Decke herausgewunden und stand wieder am Fenster. Ein bleicher Mond war durch die Wolken gedrungen, aber alles, was er sehen konnte, war eine vollkommen weiße Welt. „Ich bin mir sicher, dass Wölfe *nicht* so klingen.“

„Vielleicht war es ein Bär.“ Kimberlys blaue Augen waren groß, rund und fragend.

Keiner von ihnen hatte bemerkt, dass der alte Mann sein Gewehr bei sich trug, aber jetzt hörten sie drei zornige Gewehrschüsse.

„Er muss sehr geübt sein“, stellte Danny fest. „Nicht mal Paps kann so schnell hintereinander Patronen in die Gewehrkammer stecken.

„Bereiten sich Bären nicht gerade auf den Winterschlaf vor?“, fragte Shawn, um wieder zum ursprünglichen Thema zurückzukommen.

Keiner war sich da so sicher, also gab keiner eine Antwort.

Es folgte ein langes Schweigen, bei dem nichts als das knisternde Feuer zu hören war. In der Hütte roch es stark nach Kiefernholz.

Zwei weitere Schüsse durchbrachen die Dunkelheit der Nacht. Dann öffnete sich die Tür und herein trat der alte Mann. Mit ihm drang eine Mischung von verschiedenen Gerüchen ins Zimmer. Der Geruch von Dreck war der stärkste. Der Mann streifte das Gewehr ab und warf es in eine Ecke, während er seine Stiefel auszog. Dann ging er in Richtung Schlafzimmer, immer noch dasselbe dreckige Hemd und dieselben dreckigen Hosen am Leib.

„Was war das?“, wagte Shawn zu fragen.

Matthew blieb wie angewurzelt stehen. Er hielt das Gewehr wieder in seiner rechten Hand. „Ein Rotluchs“, antwortete er, ohne sich umzudrehen.

„Dieser Luchs treibt sich hier Nacht für Nacht herum. Und schlau ist er auch noch obendrein. Er weiß genau, dass ich in meiner kühlen Mine Essen aufbewahre, nur ist er frustriert, weil er nicht dran kommt.“

„Haben Sie ihn verletzt?“, fragte Jim.

Der Mann zögerte. Schließlich schüttelte er seinen grauhaarigen Schopf. „Nein. Ich schätze, es werden noch ein paar mehr kommen.“

Dieses Mal schloss er die Schlafzimmertür mit einem knarrenden Geräusch und die Jugendlichen konnten hören, wie der Lattenrost nachgab, als er sich auf sein Bett warf. Einen Augenblick später öffnete sich die Tür jedoch plötzlich wieder. „Lasst euch nicht beunruhigen. Der Luchs kann hier nicht rein.“

„Geben die immer solche Laute von sich?“, fragte Kimberly.

„Natürlich. Die können ähnlich wie der Ruf eines Menschen klingen. Manchmal hören sie sich an wie ein schreiendes Baby.“ Er winkte mit einer Hand. „Es ist besser, ihr Kinder schlaft jetzt etwas. Es ist schon fast Morgen.“

„Das klang tatsächlich wie eine Art Babygeschrei“, dachte Kimberly laut.

Keiner gab eine Antwort. Beim gemütlichen Knistern des Feuers waren alle endlich tief eingeschlafen. Es war ein traumloser Schlaf. Bald schlief auch Kimberly ein, aber ihr Schlaf war getrübt von Träumen, in denen sie von schmutzigen, zerrissenen Bergmännern umgeben war, die sie mit Scheren davonjagte bei dem Versuch, ihnen das Haar abzuschneiden.

## Danny und Tina machen sich auf den Weg

Zu ihrem Erstaunen schien die Sonne strahlend hell, als die fünf Abenteurer ihre Augen öffneten. Der Schnee begann bereits zu schmelzen und tropfte vom Blechdach herab. Von der Kiefer, die über die Hütte ragte, fielen schwere Schneeklumpen herab.

Mann oh Mann, in den Bergen konnte das Wetter vielleicht seltsam sein!

Sie hatten nicht gehört, wie der Einsiedler ins Zimmer gekommen und wieder hinausgegangen war. Aber jetzt kam er durch die Tür herein, gefolgt von einem kalten Windstoß. In seinen Händen hielt er einen eisernen Topf und in einer Hand befand sich ein mysteriöses *Etwas*.

Abrupt blieb er stehen. „Ihr faulen Kinder!“, bellte er. „Ich dachte, ihr wärt bereits aufgestanden und hättet euch ums Feuer gekümmert.“

Mit schläfrigen Augen starrte Jim auf den Kamin. Richtig, da loderten keine Flammen, nur schimmernde, rote, glühende Kohle war noch zu sehen. Schnell kroch er aus seiner warmen Decke heraus und legte zwei Kiefernholzscheite in den Kamin.

Matt lud seine Sachen auf dem Tisch ab und stülpte eine große Schüssel mit einem seltsamen Inhalt um. Die Kinder sahen mit Ehrfurcht zu, wie er begann eine gelbe

Masse in Scheiben zu schneiden. Jim sah Kimberly an und verzog das Gesicht. Was auch immer das war, es schien etwas Kaltes und Ekliges zu sein. Noch entsetzter war er, als Matt diese Scheiben in die Bratpfanne legte und damit zum Feuer zurückkehrte.

Er schien keine Notiz davon zu nehmen, dass er Gesellschaft hatte, und fuhr damit fort, die gelben Scheiben zu wenden, bis sie goldbraun waren. Der Essensgeruch wurde immer stärker. Nun gut, vielleicht konnte man Matts Gebrutzel ja doch essen!

Jim zuckte mit den Schultern. „Das riecht wirklich gut!"

Matt drehte sich um und warf ihnen einen bösen Blick zu. „Wisst ihr Kinder denn gar nichts? Habt ihr noch nie gebratenen Maisbrei gegessen?"

„Ich ... ähm ... nein", gelang es Kimberly.

„Ich habe noch nicht einmal von gebratenem Maisbrei gehört", warf Shawn ein.

Matthew schnaubte verächtlich. „Stadtkinder! Na, dann bringt eure Teller und Tassen herüber, wenn ihr etwas zu essen haben wollt!"

Jim hielt zwei Teller in den Händen, seinen und Shawns. Er hatte gehofft, der alte Mann würde ein bisschen heißen Kakao herzaubern, aber stattdessen wurden ihre Tassen mit brodelndem schwarzen Kaffee gefüllt. Der Einzige von ihnen, der gewöhnlich Kaffee trank, war Danny, aber in diesem Augenblick entschlossen sich alle dafür, und wenn es sie umbrächte. Sie würden nichts tun, was den Mann, der ihnen Obdach gewährt hatte, beleidigen könnte.

Shawn probierte den gebratenen Maisbrei als Erster. „Hey, der ist ziemlich gut!"

Matthews kleine, helle Augen sahen den Jungen finster an. „Natürlich ist der gut!" Er ging zu einem Schrank und kam mit einer riesigen Flasche Sirup zurück. „Der schmeckt sogar noch besser, wenn du einen Spritzer Sirup dazugibst."

Matt schlang sein Essen schnell herunter und briet noch etwas mehr Maisbrei.

„Der schmeckt echt lecker", ließ Jim verlauten, „aber ich könnte jetzt keinen Bissen mehr herunterbekommen."

„Ist auch nicht für dich. Wenn man in den Bergen lebt, darf man nicht die vergessen, die den Platz mit dir teilen." Auf die fragenden Blicke, die er daraufhin auf sich gerichtet sah, fuhr er fort: „Eichhörnchen! Ich habe keinen Hund und keine Katze, aber da draußen sind ein paar Eichhörnchen, die hin und wieder ein paar Essensreste haben wollen."

Jim sah zu Kimberly hinüber und zog eine Augenbraue hoch. Dann war Matthew also gar nicht so kaltherzig wie er den Anschein zu geben versuchte! Vielleicht würde es ihm allmählich gelingen, aus diesem alten Mann schlau zu werden.

Die Sonne stieg höher und der Schnee tropfte beständig vom Dach und von den Bäumen herunter. Aber jeder, der hier im Wald zu Hause war, wusste, dass der Schnee in dieser Gegend lange liegen bleiben konnte.

„Matt?", begann Danny langsam. „Es ist halb acht und ich und Tina wollen den Tag gut nutzen, um Hilfe für die anderen zu holen."

Matt blickte wild um sich. Zornig fuhr er mit dem Kopf herum und hätte den restlichen Maisbrei beinahe ins Feuer fallen lassen. „Das hier ist kein Hotel!", schrie er. „Ich habe euch Unterkunft für eine Nacht und etwas zu essen gegeben. Jetzt ist es an der Zeit, dass ihr alle von hier verschwindet und mich in Ruhe lasst!"

Danny versuchte, vernünftig mit ihm zu reden. „Sehen Sie her, Matthew ..."

Die hellen, kleinen Augen verengten sich zu schmalen Schlitzen. „Matthew mag ich nicht! Ich hab doch gesagt, dass ihr mich Matt nennen sollt!"

„T... tut mir Leid, Matt", entschuldigte sich Danny schnell, „das habe ich ganz vergessen. Sie wissen doch, dass der Schnee im Wald immer noch sehr hoch liegt. Shawn kann nicht laufen und wir können ihn nicht den ganzen Weg tragen." Sein Blick wanderte hinüber zu den Überschuhen und den Stiefeln. „Tina und ich könnten die Zeit nutzen und bald wieder zurück sein, wenn Sie uns nichts weiter als diese Stiefel und die Überschuhe ausleihen würden. Nur für eine kurze Zeit", fügte er schnell hinzu. „Ich verspreche, dass wir gut darauf Acht geben und sie wieder zurückbringen werden."

Einen Moment lang dachte Jim, der Einsiedler würde tatsächlich Danny verprügeln wollen. Er beobachtete, wie sich seine Schultern unter den dreckigen Kleidern hoben und wie sein ungepflegter Bart vor Zorn bebte. Aber dann wurde er wieder ruhiger, zuckte mit den Schultern und nickte. „Ich schätze, ihr würdet nicht weit kommen mit dem bisschen Tuch auf euren Füßen." Jetzt schloss sich eines seiner Augen vollends und er blickte böse drein, als er sagte: „Aber seht bloß zu, dass ihr sie mir ganz wiederbringt!"

Tina musste ihre Socken in die Spitzen der Überschuhe stopfen, damit sie ihr richtig passten, und Danny kämpfte mit den Stiefeln. Als sie gerade zur Tür hinausgehen wollten, stellte sich Matt ihnen plötzlich in den Weg.

„Es ist ein weites Stück, hört ihr? Die Holzfällerstraße ist mehrere Kilometer von hier entfernt – wenn ihr sie im Schnee überhaupt finden könnt." Verärgert nahm er einen tiefen Atemzug. „Ich schätze, ihr werdet etwas zu essen brauchen." Er öffnete die Tür eines uralten Schrankes, dessen Farbe bereits abgeblättert war, und brachte ein riesiges

Glas Erdnussbutter und einen Laib selbst gebackenes Brot hervor. „Ihr könnt euch ein paar Sandwiches machen, aber schneidet mir das Brot gut und dünn. Ich habe nicht vor, bald wieder zu backen."

„Wir wissen das sehr zu schätzen, Matt."

„Das ist wirklich nett von Ihnen", fügte Tina hinzu.

„Nett!", donnerte Matt. „Ich bin nicht nett, ich versuche nur, etwas zu tun, um euch loszuwerden." Er starrte sie unter seinen buschigen Augenbrauen an. „Hm! Ich hasse diese ganze Geschichte!"

Shawn zog seinen Kopf ein. Er hatte das Gefühl, dass alles seine Schuld war, und Jim war gereizt, dass Kimberly darauf bestanden hatte zurückzubleiben. Aber er wusste, dass sie ihren Bruder niemals verlassen würde und außerdem würden Danny und Tina schneller vorankommen, wenn sie ohne die anderen gingen.

Endlich waren sie so weit. Der Einsiedler war weggegangen, um im Räucherhaus nach seinem Fleisch zu sehen, und die fünf Jugendlichen waren sich selbst überlassen. Ein letztes Mal beteten sie zusammen, um Gott darum zu bitten, Tina und Danny auf ihrem Weg zu begleiten und zu beschützen. Dann schlug Danny auf Jims Schulter und fuhr ihm durchs Haar.

„Halt die Stellung, kleiner Bruder! Und denk dran, dieser alte Knabe ist nur halb so rau, wie er uns glauben machen will." Er setzte an, sich umzudrehen, zögerte dann aber und fügte hinzu: „Noch etwas. Er ist allein und einsam und irgendetwas muss ihn einmal tief verletzt haben. Behaltet das im Auge und zeigt ihm, dass Jesus in eurem Herzen wohnt."

Und fort waren Danny und seine Freundin, in den übergroßen Stiefeln und Überschuhen schwer vor sich hin stapfend.

„Er ist ein cooler Bruder", murmelte Kimberly und

einen Moment lang überkam Jim die Eifersucht. Aber ihre sonnigen Augen und ihr helles Lachen galten allein ihm und so ließ er die Bemerkung großzügig durchgehen.

Als die zwei Ältesten von ihnen fort waren, schien die Hütte plötzlich leer und einsam. Der Klang des tröpfelnden Wassers und des knisternden Feuers trug noch zu der deprimierenden Stimmung bei. *Wenn wir nur alle gemeinsam hätten fortgehen können*, dachte Jim.

„Das fühlt sich wirklich komisch an“, flüsterte Shawn. Er hatte sich blitzartig aufgerichtet und saß nun mit dem Rücken an die Wand gelehnt. Durch sein zerrissenes Hosenbein hindurch konnte Jim sehen, dass die Schnittwunde ganz okay aussah, aber der Fuß und der Knöchel waren schwarz und furchtbar geschwollen.

Shawn brachte ein trübes Lächeln hervor. „Ich vermute, es hätte schlimmer kommen können; ich hätte meinen Knöchel brechen können.“

„Mach dir keine Sorgen, Shawn“, beruhigte Kimberly ihren Bruder, „wir lassen dich nicht allein und bevor du es dich versiehst, wird Danny schon mit Hilfe zurückgekommen sein.“

Jim sah weg. Er wünschte, er hätte auch eine solche Zuversicht. Aber die Wahrheit war, dass er bei nichts von alledem auch nur ein annähernd gutes Gefühl hatte.

## Fragen über Fragen

Die drei Jugendlichen saßen dicht zusammengedrängt vor dem Kaminfeuer. Kalte Luft strömte aus dem Zimmer herein, in dem Matthew schlief, und Jim wünschte, er hätte den Mut, aufzustehen und die Tür zu schließen.

Matt war draußen mit irgendetwas beschäftigt. Hin und wieder konnten sie hören, wie er Baumstämme zerspaltete und dabei fluchte.

„Ich vermute, Danny hat Recht", murmelte Jim gedankenversunken. „Vielleicht hat ihm noch nie jemand gesagt, dass Jesus ihn lieb hat."

„Wie traurig!", rief Kimberly. „So ein alter Mann und keinen Schimmer davon. Das muss furchtbar sein!"

Shawn hörte einen Moment lang auf, seinen Knöchel zu reiben. „Schon seltsam; und das, wo er sogar den Namen eines Apostels trägt. Vielleicht hasst er es deswegen, Matthew genannt zu werden. Vielleicht", sagte er langsam, „vielleicht hasst er sogar Gott."

Shawn hatte keine Ahnung, wie richtig er damit lag.

Jim zog seine Jacke an und ging nach draußen. Obwohl der Schnee schmolz, war es immer noch kalt und der Sonnenschein hatte sich in ein blasses Grau verwandelt. Beunruhigt beobachtete er, wie sich im Norden über den Bergen mehrere dunkle Wolken gebildet hatten. Weit unten floss der *Black River* braun und trüb dahin. Er zitterte bei dem Gedanken, dass Danny und Tina erneut direkt einem Sturm in die Arme liefen.

Plötzlich spürte er eine Berührung an seiner Schulter und drehte sich um. Es war Kimberly. Ihr hübsches Gesicht spiegelte seine eigenen Bedenken wider. „Was werden sie tun, Jim? Ich meine, wenn ein weiterer Sturm aufkommt?“

Jim schüttelte seinen dunklen Schopf. Eine widerspenstige Haarlocke fiel über seine Stirn. Geistesabwesend strich er sie wieder nach hinten. „Das habe ich mich auch gerade gefragt“, gestand er. „Aber Kimberly, ehrlich gesagt, verhalten wir uns nicht gerade so, als hätten wir viel Gottvertrauen, meinst du nicht auch?“

Kimberly lächelte verzerrt. „Nein, das tun wir wahrhaftig nicht. Außerdem: Wenn *er* nicht groß genug ist, sich um seine Kinder zu kümmern, wer dann?“

Plötzlich tauchte der Einsiedler auf. Die Kinder hatten keine Ahnung gehabt, wohin er gegangen war, aber nun kam er schwerfälligen Schrittes mit einem Eimer in der rechten Hand herein. Er schien wieder im Räucherhaus gewesen zu sein.

Jim startete einen Versuch, den alten Mann zum Reden zu bewegen. „Was für eine Art von Fleisch räuchern Sie eigentlich?“

Matt warf einen scharfen Blick auf Jim, sah dann schnell weg und setzte den Eimer hart auf dem Boden auf. „Wild“, murmelte er schnell. „Das heißt Rehbraten und Kaninchen. Ich habe einhundert Kaninchen da drin. Und ein paar Fische, die ich im Fluss gefangen habe. Das Räuchern von Fleisch nimmt viel Zeit in Anspruch.“

Jim kannte sich überhaupt nicht in Sachen Räucherei aus, aber er wusste ein wenig übers Fischen. Wenn der alte Matthew jemals dabei erwischt werden würde, außerhalb der Jagdzeit und ohne einen Jagdschein zu jagen und zu fischen, dann konnte er in große Schwierigkeiten geraten. Aber die Chancen waren ziemlich gering, weil seine Hütte so isoliert inmitten dieser zerklüfteten Berge lag. Wahrscheinlich hatte noch niemand von der Fischerei- und Jagdbehörde jemals seinen Fuß hierher gesetzt.

„Vermutlich haben Sie genügend Fleisch für den ganzen Winter“, mutmaßte Kimberly.

Die Matts Augen bekamen wieder ihren argwöhnischen Ausdruck. „So ist es. Das heißt“, schnaubte er wütend, „wenn ich nicht ewig solch ein Gesindel wie euch durchfüttern muss!“

Er öffnete die Eingangstür und blieb stehen, um seine kleinen Augen noch einmal auf Jim und Kimberly zu richten. „Und dass ihr mir nur von meinem Räucherhaus fortbleibt!“

„Ich werde nicht dort hingehen“, versprach Kimberly.

Matt grinste spöttisch. „Ha! Denkt ihr, ich wüsste nicht, wie Kinder sind? Man dreht ihnen den Rücken zu und schon sind sie da, wo sie nicht hingehören!“ Er richtete einen schmutzigen Finger auf sie. „Denkt daran, Rauch tötet mehr Menschen als Feuer, bleibt also fort von meinem Räucherhaus!“

Kimberly runzelte die Stirn. „Wie schützen *Sie* sich denn vor dem Rauch?“

Matt zog ein schmutziges, rotes Taschentuch aus seiner hinteren Hosentasche. „Mit dem, was denn sonst?“ Und wieder war er fort.

Jims Gesicht legte sich in dunkle Falten. Zwar kannte er sich mit den Konservierungsmethoden von Fleisch nicht aus, aber die ganze Sache erschien ihm dennoch irgendwie merkwürdig.

Er machte einen kleinen Spaziergang zum Plumpsklo und traf auf Matthew, der mit ein paar großen Kartoffeln in seinen schmutzigen Händen auf dem Weg zurück zur Hütte war. Er warf Jim einen bösen Blick zu und ließ kein Wort verlauten, als er durch den matschigen Schnee stapfte.

Weil Jim nur zu gut wusste, wie sehr Shawn und Kim den Einsiedler fürchteten, kehrte er so schnell, wie er konnte, in die Hütte zurück. Als er aber die verwitterte, graue Tür aufstieß, sah er Matthew ruhig am Tisch sitzen und Kartoffeln schälen.

„Drei Mäuler mehr zu füttern“, knurrte er vorwurfsvoll. „Die anderen Kinder sollten sich besser damit beeilen, wieder zurückzukommen, wenn sie euch nicht draußen in der Kälte vorfinden wollen.“ Er schnaubte verächtlich. „Ich bin schließlich keine Gaststätte!“

Jim ignorierte die barschen Worte und setzte sich auf einen wackeligen Stuhl in der Nähe des alten Mannes. „Haben Sie Kinder, Matt?“

Der Mann zuckte ruckartig zusammen und seine Hände begannen zu zittern. Er legte das Messer auf den Tisch und starrte auf die halb geschälte Kartoffel. Dann riss er sich zusammen. „Das geht euch nichts an.“

„Entschuldigung. Es hat mich bloß interessiert.“

Matt nahm erneut das Messer in die Hand, gewann seine Fassung wieder und fuhr mit dem Schälen fort. „Nichts in meinem Leben braucht euch zu interessieren.“

„Hassen Sie Kinder wirklich so sehr?“, platzte Kim heraus.

Der Mann zögerte und ein tieftrauriger Blick erfüllte seine Augen. Sein Messer schnitt viel zu tief in die Kartoffel hinein. „Sieh, was du angerichtet hast!“, schrie er. „Es ist besser, du hältst deinen Mund und kümmerst dich um deine eigenen Angelegenheiten!“

„Entschuldigung“, piepste Kimberly kleinlaut.

Shawn war auf einem Bein zur Couch gehopst und verkrümelte sich jetzt in einer Ecke des schmutzigen Möbelstückes.

Jim hatte noch nicht das Netz mit den Zwiebeln bemerkt, das in einer Ecke des Zimmers hing, bis Matthew zwei große Zwiebeln daraus nahm. Behutsam schnitt er die Zwiebeln auf und legte sie zusammen mit den Kartoffeln in einen großen eisernen Topf. Dann gab er etwas Wasser und Pulvermilch hinzu und hängte den Topf über den Kamin.

„Ich muss jetzt zur Mine“, sagte er zu Jim. „Komm nicht auf den Gedanken, die Suppe anzurühren, außer wenn du sie hin und wieder umrührst.“

„Geht in Ordnung.“

Matt schloss ein Auge. Mit dem anderen blinzelte er. „In fünfundvierzig Minuten werde ich wieder zurück sein. Und dass ihr nicht in meinen Sachen herumschnüffelt, während ich weg bin.“

„Das würden wir niemals tun!“, erwiderte Shawn empört.

„Er traut niemandem“, flüsterte Kimberly, als sich die Tür hinter dem alten Mann schloss.

„Jemand muss ihn furchtbar verletzt haben“, überlegte Jim, nachdenklich mit dem Kopf nickend. „Irgendwie tut er mir Leid.“

„Wie weit, denkst du, wird Danny inzwischen gekommen sein?“, fragte Kimberly.

Jim schüttelte seinen Kopf. „Nicht einmal annähernd weit genug. Ich denke, wir werden eine weitere Nacht hier verbringen müssen.“

Shawn war noch nicht lange Christ, aber er machte sich viele Gedanken. „Jim, du sagst doch immer, dass allen, die Gott lieben, alles zum Besten dient. Wie, denkst du, soll uns das hier zum Besten dienen?“

Jim biss sich auf die Lippen. „Ich weiß es noch nicht, aber die Bibel sagt, dass es so ist."

„Und wie, denkst du, wird man mich hier herausbekommen?", fragte Shawn besorgt. „Es gibt weit und breit keine Straße."

Jim zuckte mit den Schultern. „Vielleicht mit dem Hubschrauber. Wirst du endlich aufhören, dich ständig zu ängstigen?"

„Ich kann nicht anders, Jim. Es ist nun einmal *mein* Fußknöchel!"

„Hör zu, Shawn!", fiel ihm Kimberly schroff ins Wort. „Hat dich Gott jemals im Stich gelassen?"

Shawn zog seinen Kopf ein. Einen Augenblick später entschloss er sich, das Thema zu wechseln. „Würde es euch nicht interessieren, einmal Matthews Mine zu sehen? Ich würde wetten, dass er keinen einzigen Goldklumpen darin gefunden hat."

Jims Mundwinkel verzogen sich zu einer Seite. „Schon möglich. Aber eines weiß ich sicher: Das ist keine *Paralta*-Mine. Im Traum vielleicht."

Kimberly lachte hell auf. „Das klingt gut! Vielleicht versucht er nur seiner Mine ein wenig Romantik zu verleihen."

Die Tür flog auf und der zerlumpte, alte Einsiedler stand im Türrahmen. Er blickte sie argwöhnisch an. Er sah grimmig und böse aus. Seine schmutzigen Hände waren zu Fäusten zusammengeballt, die seitlich an seinem Körper herunterhingen. In gewisser Hinsicht ähnelte er einem Bären. Das plötzliche Auftauchen des Mannes ließ Jim und Kimberly zitternd vor Furcht in sich zusammensinken.

„Das ist sehr wohl eine *Paralta*-Mine und ich füge kein bisschen Romantik zu der Geschichte hinzu." Sein Lachen klang in der Stille unheimlich. „Und ich bin auch nicht verrückt! Ich habe alles gehört, was ihr gesagt habt!"

Jim schluckte schwer. „Matt, es tut uns Leid und wir hätten ...“

„Leid?“, brüllte der Einsiedler. „Ich werde euch sagen, was euch Leid tut! Euch tut Leid, dass ihr erwischt worden seid, das ist alles!“

„Es ist nur so ... ich hatte immer gedacht, die *Paralta*-Minen befänden sich unten in der Wüste bei *Tucson*.“

Matt lachte spöttisch und sein Gesicht sah hässlich aus. „Du weißt überhaupt gar nichts! Für zwei Cents würde ich euch allesamt rausschmeißen. Wie würde euch das gefallen?“ Und dabei deutete er auf das dreckige Fenster.

Jetzt sahen die drei Jugendlichen, dass es wieder zu schneien begonnen hatte. Die Wolken hatten sich also tatsächlich zusammengeballt und warfen nun eine weitere Ladung Schnee auf die *White Mountains* ab!

Jim schluckte, denn Matt sah unbeschreiblich zornig aus. Aber was war mit Danny und Tina? Wo waren sie wohl gerade und wann würden sie wieder zurückkommen?

## Aufgeschmissen

Leichten Herzens verließen Tina und Danny an jenem Morgen die Hütte. Mit den Stiefeln und den Überschuhen, die Matthew ihnen geliehen hatte, waren sie vor Erfrierungen gefeit. Und die alte Holzfällerstraße, an der Dannys Vater die Jugendlichen für die Bootstour herausgelassen hatte, konnte nicht weit von hier sein. *Klar*, dachte Danny bei sich. *Wir werden schnell Hilfe finden und alles wird wieder gut. Shawn kann dann zu einem Arzt gebracht werden und wir werden uns alle hinsetzen und etwas Ordentliches essen.*

„Ich kann nicht behaupten“, sagte er zu Tina, „dass der gebratene Maisbrei und der Kanincheneintopf schlecht waren. Im Grunde genommen ist Matt ein ziemlich guter Koch!“

Tinas rote Haare waren vom Untertauchen in den Fluss immer noch strähnig und zerzaust. Sie nickte lächelnd. „Ich weiß, was du meinst. Wenn es nach mir ginge, würde ich mir am liebsten bei *Burger King* einen Burger mit Pommes und eine riesige Cola holen.“

Danny streckte eine Hand aus, um sie den steilen Abhang hochzuziehen. „Das würde mir auch gefallen!“

Der Schnee unter den Bäumen war noch etwa zwanzig Zentimeter hoch. Als sie beim Laufen versehentlich einige niedrige Äste streiften, fielen große Klumpen der weißen Masse auf ihre Köpfe herunter.

„Der Wald ist so still!“, meinte Tina. „Ich habe noch keinen einzigen Vogel gesehen und selbst die Eichhörnchen scheinen sich in ihre Nester verkrochen zu haben.“

„Es ist schon etwas unheimlich“, stimmte ihr Danny zu. Er warf einen Blick auf die dunklen, grauen Wolken, die tief vom Himmel herabhingen. „Ich hoffe, sie verkriechen sich nicht deshalb, weil sie etwas wissen, wovon wir keine Ahnung haben.“

„Danny, mir ist gerade ein furchtbarer Gedanke gekommen.“ Der Aufstieg war steil und Tina musste nach Luft schnappen. „Wenn wir die Straße gefunden haben ...“ Sie sah Danny bestürtzt an. „Es sind noch Meilen, bevor wir Hilfe holen können.“

Danny antwortete eine Zeit lang nicht, dann sagte er: „Ich habe auch daran gedacht. Selbst das Ferienhotel bei *Hannigan Meadows* könnte den Winter über geschlossen haben. „Aber“, fügte er hoffnungsvoll hinzu, „es gibt rundherum Hütten und nicht alle werden jetzt schon geschlossen sein.“

Endlich erreichten sie die Spitze des steilen Abhanges. Von dort aus ging er langsam abfallend in eine mit Bäumen umstandene Wiese über. Der Schnee hatte dort bereits begonnen zu schmelzen, aber jetzt wurde es wieder kalt und auf der Schneeoberfläche bildete sich sogar eine Eiskruste.

Manchmal stolperte Tina wegen der übergroßen Überschuhe und war deshalb gezwungen, ihr Tempo zu drosseln und kleinere, vorsichtige Schritte zu machen. „Vielleicht hättest du besser ohne mich gehen sollen“, sagte sie einmal.

„Möchtest du es mit den Stiefeln probieren? Vielleicht geht es ja damit besser.“

Sie schüttelte den Kopf. „Die sind genauso groß, deshalb ist es egal, welches Paar ich trage.“

Sie liefen noch drei Kilometer weiter, aber weit und breit war keine Holzfällerstraße in Sicht. Nur tiefer Wald. Einmal brach ein Wildkaninchen völlig unerwartet aus einem Busch heraus und flitzte schnurstracks auf sein Loch zu.

„Ich bin mir sicher, dass wir Richtung Norden laufen.", seufzte Danny. „Der alte Matt hat gesagt, dass die Holzfällerstraße nordwärts liegt."

Tina zog eine Augenbraue hoch. „Er sagte auch, dass sie Kilometer entfernt liegt."

Plötzlich blieb Danny stehen und signalisierte Tina, auch stehen zu bleiben. „Sieh mal", rief er.

Sie sah in die von ihm angedeutete Richtung und erblickte durch die Bäume hindurch eine riesengroße Elchherde. Die Elche bemerkten nicht, dass sich Menschen in ihrer Nähe befanden und stöberten unter dem Schnee nach Nahrung.

„Das sind mindestens sechzig Elche!", rief Tina leise aus.

Danny nickte. „Wahrscheinlich hat sie der Schneesturm auch ohne Vorwarnung überrascht. Sonst hätten sie sich bereits weiter ins Tal begeben."

Die Tiere hörten die menschlichen Stimmen und spitzten ihre Ohren. Beunruhigt hoben sie ihre majestätischen Köpfe hoch. Einen Augenblick später setzten sie sich in Trab, zuerst langsam, dann wurde einer der Elche an der Spitze der Herde von panischer Furcht ergriffen und die ganze Herde begann, fluchtartig auf und davon zu hetzen. In nur wenigen Sekunden war die gesamte Herde verschwunden.

Weitere Kilometer verschwanden langsam hinter ihnen und immer noch war weit und breit keine Straße in Sicht. Der Himmel war jetzt mit dunklen, herabhängenden Wolken bedeckt und Danny wurde immer bedrückter. Er stieß ein paar verzweifelte Stoßgebete aus, in denen er Gott um Hilfe und um Führung bat. Wieso ließ Gott dies alles überhaupt zu?

Er beschloss, seine Gedanken auszusprechen. „Gott hat immer einen Grund für alles, was er zulässt, aber ehrlich gesagt, verstehe ich diesmal nicht, wofür das alles hier gut sein soll."

Tina ließ sich auf einem riesigen Stein nieder, um Atem zu holen. „Weißt du was, Danny? Was auch immer der Grund sein mag, es sieht ganz danach aus, als habe er nicht vor, dass wir sofort Hilfe finden." Sie streckte ihre kalte, schmale Hand nach vorn. „Sieh mal, es beginnt wieder zu schneien."

Dannys dunkle Augen wurden größer. „Keine guten Nachrichten. Ich kann mir beim besten Willen nicht vorstellen, warum der Wetteransager die Lage im Hochgebirge nicht richtig eingeschätzt hat!"

„Das scheint die Regel zu sein", räumte Tina ein. „Wenn sie Regen vorhersagen, zieht er direkt an uns vorüber und wenn sie sagen, dass das Wetter gut wird, dann werden wir bombensicher dreißig oder mehr Zentimeter eingeschneit."

„Wir sollten lieber umkehren."

„Matt wird uns alle umbringen, wenn wir das machen!"

Danny schnaubte wütend. „Ich schätze, dieses Risiko müssen wir eingehen."

Der Himmel war nun völlig mit schweren Wolken bedeckt und es schneite heftig. In nur wenigen Minuten würden alle ihre Fußsspuren bedeckt sein. Zu allem Überfluss hatte Danny auch noch die Orientierung verloren, weil ihm die Sicht nun völlig genommen war.

Er war der Mann, das hatte Tina gesagt, und Männer fragten ihre Freundinnen nicht um Rat. Oder doch?

Schließlich schluckte er seinen Stolz hinunter und

fragte demütig: „Tina, weißt du, welchen Weg wir gehen müssen?“

Überrascht starrte sie ihn an. „Weißt du es denn nicht?“

„Ich bin mir nicht ganz sicher. Unsere Spuren sind bereits zugeschneit und die Wiese und die Bäume sehen alle gleich aus.“

„Aber ich weiß es auch nicht!“, stammelte sie. „Danny, wir können doch nicht noch einmal hier draußen in einen Schneesturm geraten!“

„Ich weiß. Dieses Mal gibt es auch keinen Einsiedler mehr, der uns retten wird.“

„Was werden wir jetzt tun?“

Danny biss seine Zähne fest aufeinander. „Am besten weitergehen und darauf hoffen, dass wir wieder über die Hütte stolpern.“

„Gott wird uns nicht im Stich lassen, nicht wahr?“, flehte Tina.

„Natürlich nicht“, beschwichtigte Danny sie. *Aber ich wünschte, er würde uns aus alledem etwas schneller herausbringen*, dachte er bei sich.

Inzwischen war es schon nach Mittag geworden und die beiden kauten an ihren Erdnussbutterbroten, während sie weiterliefen. Aber sie hatten keinen großen Appetit. Nicht bei dem schweren Schneefall und keiner Aussicht auf eine Bleibe, in der sie Zuflucht nehmen könnten.

## Verdächtig

Zum Mittagessen gab Matthew jedem von ihnen eine Scheibe Brot und einen großen Teller heiße Kartoffelsuppe, dazu noch eine Tasse starken Kaffee, den er über dem Feuer gekocht hatte. Er gab es ihnen jedoch nicht gern.

„Wohnen Sie schon lange hier?", fragte Jim.

Matt starrte ihn an. „Lange genug!", schnauzte er ihn an.

Shawn saß mit nacktem Fuß da und rieb sich vorsichtig seine Verwundung unter dem schmutzigen Verband. „Und wie kommen Sie an Ihre Lebensmittel?"

„Ständig nur Fragen!", höhnte Matt. „Wie denn wohl? Ich fahre!"

„Sie fahren?", krächzte Jim. „Heißt das, Sie haben ein Auto und hätten uns damit hier herausbringen können?"

„Ein Lastauto. Ist kaputt."

Das klang einleuchtend, ließ in ihren Köpfen aber natürlich weitere Fragen aufkommen.

„Wie will er denn hier oben seinen Laster wieder in Gang bekommen?", fragte Shawn, als Matt nach draußen gegangen war, um irgendetwas zu holen.

„Das würde ich auch gerne wissen." Jim kratzte sich am Kopf. „Um euch die Wahrheit zu sagen: Ich habe überhaupt kein Lastauto gesehen."

„Vielleicht steht es weiter weg in der Nähe seiner Mine."

„Muss wohl."

„Ja", argumentierte Shawn, „aber wie will er jemals Ersatzteile hierher bekommen?"

„Vielleicht kennt er ja einen Ranger", überlegte Jim. „Vielleicht wird der ihm die Teile bringen, die er braucht. Immerhin hat Matt gesagt, dass die Holzfällerstraße nur ein paar Kilometer von hier entfernt ist."

Kimberly kniff ihre blauen Augen gedankenvoll zusammen. „Dann heißt das, dass es eine Zufahrtsstraße gibt, die von der Hütte wegführt."

Shawn zuckte mit den Schultern. „Nicht, wenn sein Lastauto Allradantrieb hat. Die können auch über absolut unwegbares Land fahren."

Kimberly seufzte. „Wahrscheinlich. Ich weiß nur, dass dieser alte Mann voller furchtbarer Geheimnisse steckt, und ich bin froh, wenn wir wieder von hier fort sind."

Jims Mund zuckte. „Das werden wir."

„Und habt ihr bemerkt, dass Matthew zwei Scheiben Brot mit Erdnussbutter mit nach draußen genommen hat? *Zwei*!", rief Kimberly erregt. „Wir konnten von Glück reden, dass wir eine bekamen, und dann war die Erdnussbutter so dünn gestrichen, dass man sie kaum schmeckte."

„Er füttert die Eichhörnchen", protestierte Shawn.

Kimberly stemmte ihre Hände empört in ihre schlanken Hüften. „Nun, alles, was ich dazu sagen kann, ist, dass er Eichhörnchen sichtlich mehr zu lieben scheint als Menschen!"

Shawn musste trotz seiner Schmerzen lachen. „Allerdings!"

Jim legte seine Stirn in Falten. „Hat jemand von euch

schon jemals gehört, dass man Eichhörnchen mit Brot und Erdnussbutter füttert?“

„Hier in der Nähe der Hütte gibt es keine Eichen. Vielleicht sind die Eichhörnchen froh für alles, was sie bekommen können.“

Jim schüttelte seinen Kopf. „Es gibt genügend Kiefernsamen für sie, Kimberly.“

Shawns Augen wurden schmaler. „Was macht er denn dann mit dem Essen, das er nach draußen bringt?“

Jim grub seine Daumen in die Gürtelschlaufen seiner Jeanshose. „Ich weiß es nicht. Ich glaube, Kimberly hat Recht und die Eichhörnchen sind einfach so hungrig, dass sie jegliche Essensreste vertilgen.“

„Na ja, ich traue dem alten Knaben kein bisschen“, gab Shawn kund.

Darin stimmten sie alle überein, aber bevor Kimberly oder Jim überhaupt eine Antwort geben konnten, war Matt schon wieder zurückgekehrt und sah noch boshafter als zuvor aus. Einen Moment lang starrte er auf das Trio, dann goss er sich eine Tasse Kaffee ein.

„Haben wir etwas falsch gemacht?“, fragte Kimberly zaghaft.

„Falsch?“, knurrtc Matt. „Allcin, dass ihr hicr scid, ist falsch! Ihr esst meine Vorräte, trinkt meinen Kaffee und bringt mein Leben durcheinander!“ Keuchend ließ er sich auf den Tisch plumpsen. Mit seinem Kopf deutete er in Richtung Fenster und brummte: „Könnt ihr sehen, was da draußen abgeht? Ein weiterer Schneesturm! Ich schätze, ihr glaubt, euer Bruder und dieses Mädchen finden Hilfe!“ Er schüttelte seinen zottigen Kopf. „Das ist nicht sehr wahrscheinlich. Und ich bin dazu verdammt, mit euch hier festzusitzen!“

„Das tut uns wirklich Leid“, sagte Shawn kleinlaut. „Das haben wir ganz bestimmt nicht so geplant.“

In Jims Gedanken kreiste immer noch, was Matt über Danny und Tina gesagt hatte. Was würde *tatsächlich* mit ihnen geschehen, inmitten eines Schneesturms ohne Unterschlupf? Selbst wenn sie die Holzfällerstraße entdeckt hätten, wären es immer noch mehrere Kilometer, um von irgendwoher Hilfe zu holen. Und was war mit Mr. Robbins? Seit dem Unfall waren inzwischen 24 Stunden vergangen. Jims Vater würde sicherlich einen Suchtrupp arrangiert haben. Aber ... wie könnte irgendjemand sie bei all dem Schnee jemals finden?

Matt trank seinen Kaffee aus und zog seine schwere Jacke an. „Ich gehe jetzt zur Mine und werde für eine Weile fort sein, versucht also nichts Dummes."

Jim runzelte die Stirn und breitete fragend seine Hände aus. „Was sollten wir denn versuchen?"

„Versucht einfach gar nichts, das ist alles."

Nachdem er zur Tür hinausgegangen war, sagte Shaw: „Vollkommen bescheuert."

„Ich habe Angst, Jim", gestand Kimberly düster.

„Ich fühle mich auch nicht gerade großartig", seufzte Jim. „Shawn hat Recht, wir haben nichts von alledem geplant, aber das spielt für Matt keine Rolle."

Der Mann war nur zwei Stunden fort und kehrte mit einem großen Stück Rehbraten zurück. Er steckte einen dünnen Stock durch das rohe Fleisch und hängte es über das Feuer. „Komm hierher!", knurrte er und starrte Jim an. „Wenn ihr schon mein Essen verzehrt, dann kocht es wenigstens selbst!"

Jim gehorchte sofort. Er sah jetzt, dass Matt den Spieß in eine bestimmte Vorrichtung gelegt hatte, die gedreht werden musste. Er setzte sich an die Feuerstelle und begann, den Braten langsam zu drehen, um das Fleisch gleichmäßig garen zu lassen. Ein Gedanke beschäftigte ihn allerdings: Das Fleisch roch nicht geräuchert.

„Ich vermute, das hier kommt nicht aus dem Räucherhaus?“, wagte er zu fragen.

Matts rechtes Auge flitzte argwöhnisch zu ihm herüber. „Ich bewahre etwas frisches Fleisch in der Mine auf, wo es kühl ist. Das geräucherte Fleisch hebe ich für harte Zeiten im Winter auf.“

Es dauerte zwei Stunden, bis das Fleisch richtig durch war. „Ich glaube, ich bin mausetot“, teilte er den anderen mit, als Matt hinausgegangen war, um etwas zu holen. „Und mir fällt gleich der Arm ab.“

Kimberly sprang auf. „Entschuldige, Jim! Lass mich eine Weile drehen.“

„Nicht nötig“, dröhnte eine Stimme hinter ihnen. Das Fleisch ist gar.“ Matthew öffnete eine Dose Mais und schöpfte ihn kalt auf die Teller. „Kommt schon her und stopft eure Mägen mit noch mehr von meinem Essen voll.“

„Mein Vater wird dafür bezahlen“, versicherte ihm Jim.

„Und ich verspreche, dass wir nicht viel essen werden“, fügte Kimberly traurig hinzu.

Jim ging zu Shawn auf der Couch und brachte ihm seinen Teller. Dann setzten er und Kimberly sich zu ihm.

Von seinem Platz an dem schmutzigen Tisch knurrte Matthew herüber: „Und ich will euch auch nicht über eurem Essen beten sehen. Mein Essen ist für euch Gesindel sowieso viel zu gut!“

Jim zögerte. „Matt, sind Sie nicht dankbar dafür, dass Gott Ihnen zu essen gibt?“

„Gott hat noch nie etwas für mich getan!“, donnerte der Einsiedler.

„Er hat Ihnen das Leben geschenkt und Essen und ein Zuhause“, entgegnete Shawn.

„Hah!“

Jetzt, wo das Thema angeschnitten worden war, riskierte Jim, eine weitere Frage zu stellen. „Haben Sie – ähm – jemals in der Bibel gelesen, Matt?“

Anstatt zu antworten, sprang der Mann vom Tisch auf, füllte erneut seinen Teller und stürzte nach draußen.

„Ich verstehe nicht, wie er so viel essen kann“, murmelte Kimberly.

„Wahrscheinlich füttert er wieder seine Eichhörnchen“, sagte Shawn.

Jim ging zum Fenster und spähte hinaus. „Er füttert keine Eichhörnchen. Er ist auf dem Weg zum Räucherhaus.“

Shawn zuckte mit den Schultern. „Vielleicht tummeln sich seine Lieblingseichhörnchen ums Räucherhaus herum.“

Kimberly runzelte die Stirn. „Warum sollten sie das tun?“

„Weil sie wissen, dass sie dort von Matthew gefüttert werden.“

„Oh, Shawn!“

Shawn blickte zu Kim hinüber. „Hast du eine bessere Idee?“

„Nein, aber es gibt bestimmt keine Lieblingseichhörnchen, die sich um das Räucherhaus herumtummeln.“

Der Mais und der Braten waren ganz okay gewesen, aber zur Schlafenszeit hatten sie schon wieder Hunger. Matt gab ihnen heiße Kartoffelsuppe und Holz, damit das Feuer die Nacht über brennen konnte.

Nachdem der alte Mann zu Bett gegangen war, schlüpften die drei unter ihre Decken. „Ich habe mich in meinem ganzen Leben noch nie so gelangweilt!“, maulte Kimberly.

Es schneite immer noch und Jim machte sich Sorgen um seinen Bruder. „Betet ihr zu Hause zusammen?“, fragte Jim plötzlich.

Shawn dachte darüber nach. „Manchmal. Wir geben uns Mühe, aber alles ist noch so neu für uns, seit wir alle Christen geworden sind. Ich denke, wir haben noch nicht ganz den Dreh raus.“

Jim schwieg einen Moment lang. Es war leicht für sie gewesen, zusammen zu beten, als Danny noch da war. Jetzt war er schüchtern und zögerte. „Sollen wir – ähm – sollen wir für Danny und Tina beten?“

„Und für Matthew“, fügte Kim nachdenklich hinzu.

Matts riesige Körpergestalt füllte den Türrahmen zum Schlafzimmer und sein Schatten fiel über die Wand beim Kamin. Jim wirbelte herum.

„Ich brauche niemanden, der für mich betet, und ich will auch nicht, dass in dieser Hütte gebetet wird! Habt ihr das kapiert?“

„Wie kann Beten denn irgendjemandem wehtun?“, fragte Shawn. Er fühlte sich jetzt mutiger. Alles, was Matt ihnen letztendlich tun konnte, wäre, sie zu töten, und er glaubte nicht, dass er es wagen würde, das zu tun. Nicht, wenn Danny und Tina Hilfe holten.

Matthew zögerte. Sein Gesicht war violett vor Zorn. Selbst von diesem Abstand aus konnten die drei den Schmutz und den Waldgeruch, der von ihm ausging, riechen. Er hatte sein Hemd und seine Hosen ausgezogen und trug ein fleckiges Nachthemd, das bis zu seinen knubbeligen Knien herunterhing. Seine Socken hatten Löcher, durch die man seine großen Zehen sehen konnte. Kimberly musste sich die Hand vor den Mund halten, um bei dem Anblick nicht in lautes Gelächter auszubrechen.

„Beten hat mir noch nie etwas genutzt“, brummte Matt schließlich. Dann, in leisem Ton, glaubte Jim so etwas wie „Ich habe sie sowieso alle verloren“ zu vernehmen.

Als er in sein Schlafzimmer zurückging, schlug er die Tür heftig hinter sich zu. Dann wurde die Hütte von tiefer, dunkler Stille erfüllt. Einen Augenblick später ging ein Holzstück entzwei und fing Feuer. Orange Flammenzungen schossen nach oben in den verrußten Kamin.

„Ich glaube, wir können jetzt beten“, flüsterte Kimberly. „Er wird es nicht merken.“

„Das werde ich wohl!“, knurrte Matt von der anderen Seite der Tür.

Kimberly sah empört aus. „Mensch, dieser alte Schnüffler!“

„Ich glaube, es ist besser, wir beten im Stillen“, stöhnte Jim. „Es hat keinen Zweck, ihn noch mehr zu verärgern, als er ohnehin schon ist.“

Gerade als sie dabei waren, in einen Tiefschlaf wegzudämmern, erklang ein Schrei durch die Nacht. Schneller, als sie es dem alten Mann zugetraut hätten, trampelte er durch die Tür, das Gewehr in der Hand, und wirbelte zur Tür hinaus, ohne sie wieder hinter sich zu schließen. Jim stand auf und ging auf Zehenspitzen hinterher, um sie wieder zuzumachen.

Verwirrt sahen sich die drei an. Bevor jedoch irgendeiner von ihnen etwas sagen konnte, ertönte der drohende Knall eines Gewehrs. Nicht einmal oder zweimal, sondern viermal, so schnell wie Matt eine Patrone in die Gewehrkammer schieben und den Abzug drücken konnte. Die Schüsse hallten von den Bergen wider wie ein riesiger Donnerschlag und verstummten dann.

„Er ist furchtbar lange weg“, sagte Kimberly mit zitternder Stimme.

„Vielleicht hat er es dieses Mal getötet“, mutmaßte Shawn.

„Aber was war *es*? Es klang nicht wie ein Tier, das ich jemals zuvor gehört habe.“ Jim spürte, wie ihm ein kalter Schauer über den Rücken lief. Hörte sich ein Rotluchs wirklich so an?

## Der Fremde mit dem Gewehr

Danny und Tina froren und hatten Angst. Sie hatten geglaubt, dass mit den übergroßen Stiefeln und Überschuhen ihren Füßen gedient wäre, aber jetzt fühlten sich ihre Zehen starr und eiskalt an. Da sie keine Handschuhe hatten, ließen sie ihre Hände in ihren Jackentaschen. So kämpften sie sich stetig vorwärts, ohne auch nur einen blassen Schimmer davon zu haben, wie sie jemals wieder zur Hütte zurückfinden sollten oder welche Richtung sie gerade einschlugen, und versuchten dabei nicht in Panik zu geraten.

Danny wollte fröhlich klingen, als er sagte: „Dein Haar ist nicht mehr rot, Tina. Dieses ganze Unternehmen hat dich ganz weiß werden lassen."

Tina zog eine Hand aus ihrer Tasche und klopfte Dannys Kopf ab. „Ich schätze, wir sind zusammen alt geworden, denn dein Haar ist genauso weiß." Sie wurde aber schnell wieder ernst und wimmerte ein bisschen. „Danny, wann *hört* dieser Schnee nur endlich *auf*?"

Danny griff nach ihrer Hand und steckte sie in seine Jackentasche. „Ich weiß es nicht, Tina. Ich weiß nur, dass wir irgendwo einen Unterstand finden müssen, um aus dem Schnee hier herauszukommen."

„Wird denn alles wieder gut, Danny?", wimmerte Tina.

Danny biss die Zähne zusammen. *Würde* Gott es zulassen, dass seine Kinder erfroren, während sie Hilfe holten?

Würde er es *tatsächlich* zulassen, dass so etwas passierte? Er umschlang ihre Finger. „Wir werden es schaffen, Tina", antwortete er langsam.

Sie schleppten sich mühsam weiter, während der Schnee immer dichter wurde. Sie konnten nicht mehr als vier Meter weit sehen. *Oh nein*, dachte Danny, *theoretisch können wir an vierzehn Hütten vorbeilaufen, ohne eine einzige davon zu bemerken.*

Das Knirschen eines Astes ließ sie aufschrecken. Erschrocken wirbelten sie herum in der Erwartung, jemand stände hinter ihnen. Eine Sekunde lang schoss es Danny sogar durch den Kopf, der Einsiedler hätte sie verfolgt.

Tina fasste sich an den Hals. „Nur ein Reh! Aber es hätte genauso gut ein Yeti sein können!"

Der kleine Schwanz des Rehs bewegte sich flink auf und ab, bis es schließlich vollends hinter einem weißen Schleier verschwunden war und nur noch seine kleinen, zarten Hufspuren im Schnee hinterließ. In wenigen Minuten würden die Spuren wieder zugeschneit sein und keiner konnte mehr sehen, dass dort ein Reh gewesen war.

Sie hatten Durst und nahmen jeder eine Hand voll Schnee. Ihr Proviant war ausgegangen. Ihre Füße wurden allmählich starr. Und die Holzfällerstraße, wo auch immer sie war, war zugeschneit und unsichtbar. Es war unmöglich, sie bei diesem Wetter zu finden.

„Danny, ich habe wirklich Angst."

Sie hatte nicht nur Angst, sie war auch müde. Danny hatte das schon vor einer halben Stunde gesehen, und er selbst war viel zu müde, um sie zu tragen, wenn sie nicht mehr konnte.

*Bitte, Herr, du weißt alles! Ich kann einfach nicht glauben, dass es nach deinem Plan ist, dass wir hier in diesem Schneesturm erfrieren.* Eine Predigt, die er vor kurzem gehört hatte, schoss ihm durch den Kopf. Wie guten Menschen schlimme Dinge widerfuhren. *Herr Jesus,* betete er weiter, *Tina und ich sind bereit zu sterben, das ist nicht das Problem. Aber wenn du dafür sorgen kannst, dass wir noch nicht sterben müssen, dann wären wir sehr froh darüber.*

Er dachte an Ricky Fisher, der letzten Sommer ertrunken war. Ein netter Mensch. Ein Christ, ja sogar ein Jugendleiter. Und peng! Weg war er. Von ihm hatte der Pastor gesprochen in dieser Predigt über schlimme Dinge, die guten Menschen passieren können. Würde Gott ihn und Tina tatsächlich hier draußen in der Wildnis sterben lassen? Er hoffte es nicht.

„Zumindest scheinen wir den Berggipfel erreicht zu haben und müssen nicht mehr weiter bergauf gehen“, ließ Tina verlauten.

„Das macht die Sache einfacher.“

„Aber wo sind all die Hütten, in denen die Leute während des Sommers wohnen?“, fragte Tina sehnsüchtig.

*Als ob ich das nicht auch gerne wüsste!* „Bald wird eine kommen.“ *Klar doch. Ich hab ja noch nicht einmal die Spur einer Hütte gesehen, um mir einbilden zu können, jemand habe jemals seinen Fuß hier hingesetzt!*

Es war eine stille, lautlose Welt. Kein Vogelgesang. Keine Eichhörnchen, die in den Bäumen umhertollten. Kein Reh und kein Elch.

Bis plötzlich erneut ein krachendes Geräusch ertönte, als ein Zweig heruntergetreten wurde. Dieses Mal drehte sich aber keiner der beiden um und guckte, woher das Geräusch kam, weil beide davon ausgingen, dass es wieder ein Reh war.

„Wenn die Tiere klug wären, dann würden sie sich entweder weiter unten im Tal vor dem Sturm in Sicherheit bringen oder sich irgendwo verstecken“, stöhnte Tina zähneklappernd. Langsam und mit hängendem Kopf schleppte sie sich vorwärts, die linke Hand tief in ihrer Jackentasche vergraben, die rechte in Dannys starker Hand.

Danny hatte die dunkle Vorahnung, dass sie nicht allein waren. Er hätte gern einen Blick zurück über seine Schulter geworfen, fürchtete sich aber, was sich ihm dann offenbaren könnte. Er beschleunigte seinen Schritt und zog Tina hinter sich her.

„Danny, ich kann nicht mehr!“, keuchte sie.

Danny strengte seine Augen an, um nach vorne sehen zu können. Abrupt blieb er stehen, unsicher, ob er richtig sah.

„Tina! Ich glaube, da ist ...“

„Auf der Stelle stehen geblieben“, ertönte eine scharfe Stimme hinter ihnen. „Wenn ihr denkt, ihr könnt in meine Hütte einbrechen, dann irrt ihr euch.“

Tina wurde leichenblass und Danny spürte, wie ihm alles Blut aus dem Kopf wich. Er drehte sich langsam um und erblickte einen Mann mit einer roten Jacke und einer rot-weißen Jägerkappe. Er hielt ein gefährlich aussehendes Gewehr auf sie gerichtet. Und es war nicht der Einsiedler!

## Die Grabmäler

Der Morgen war trüb und grau, aber es hatte aufgehört zu schneien. Bis jetzt hatten sie noch nichts von Danny gehört und niemand war gekommen, um sie zu retten. Sie hatten zum Frühstück wieder gebratenen Maisbrei mit Sirup gegessen. Dann hatte Matthew einen Teller für die Eichhörnchen nach draußen gebracht. Danach wollte er zur Mine gehen, sagte er.

Jim war unruhig und gelangweilt. „Solange Matt weg ist, werde ich nach draußen gehen und mich ein wenig umsehen."

„Und mich hier lassen?", rief Shawn aufgebracht.

Jim zuckte mit den Schultern. „Ich werde nicht sehr weit gehen und ganz sicher nicht lange fortbleiben. Immerhin könnte Matthew jede Minute zurückkommen."

„Und der Schnee?", wandte Shawn ein. „Er liegt sehr hoch und schmilzt nicht mehr. Komm schon, Jim, deine Füße werden im Nu erfrieren!"

„Meine Güte, Shawn, ich habe nicht vor, irgendwohin zu gehen! Ich möchte mich nur einmal kurz draußen umsehen, das ist alles."

Kimberly stand auf, ihre Hände in die Hüften gestemmt. „Jim Robbins, wenn du denkst, dass du ohne mich abhauen kannst, dann hast du dich geirrt. Ich komme nämlich mit!"

Shawn starrte auf seinen geschwollenen Fuß und

seufzte. „Bitte, bleibt nicht lange weg. Ich hab wirklich Angst vor dem alten Kerl."

Jim zog seine Jacke an. „Gib uns nur fünf Minuten oder so und wir werden wieder zurück sein. Versprochen."

Kimberly hatte ihre Jacke bereits an und wartete an der Tür. „Lass uns gehen."

Als sie draußen in die Kälte kamen, erschraken sie. Der Schnee war fünfunddreißig Zentimeter hoch und die einzigen Fußspuren waren die des Einsiedlers und eines umherziehenden Elches.

Kimberly hielt inne und legte eine Hand auf Jims Arm. „Sieh mal", sagte sie, wobei sie auf etwas deutete, „Matts Fußspuren gehen überhaupt nicht in Richtung Mine. Sie führen von der Mine *weg*."

Jim richtete seinen Blick auf das verhasste Plumpsklo. „Vielleicht ist er dorthin gegangen."

Kimberly schüttelte langsam den Kopf. „Das glaube ich nicht, Jim. Die Fußspuren gehen noch weiter."

Jim runzelte die Stirn. „Vielleicht stellt er da drüben das Essen für die Eichhörnchen hin."

Kimberlys Stimme klang zweifelhaft. „Vielleicht." Dann flüsterte sie: „Lass es uns herausfinden."

„Wir sollten lieber auf der anderen Seite um die Hütte gehen, damit er unsere Fußspuren nicht entdeckt, sonst denkt er mit Sicherheit, dass wir ihm gefolgt sind."

Es ging nur langsam voran, als sie durch den tiefen Schnee schritten, und in nur wenigen Minuten waren ihre Füße vollkommen durchnässt. An einigen Stellen hatte sich der Schnee zu hohen Schneewehen gehäuft. Einmal sah sich Jim plötzlich bis zur Taille im Schnee stehen.

„Jim!", rief Kimberly leise. „Alles okay bei dir?"

„Ui! Ja, ich denke schon, aber das möchte ich nicht noch einmal erleben!"

Fernab der Holzhütte lag eine kleine Lichtung, dann

begann wieder der Wald – Kiefern und einige verstreute Espen. Vorsichtig schritten Jim und Kimberly unter dem Meer von Bäumen durch.

„Er müsste jetzt bereits zur Mine zurückgegangen sein“, flüsterte Kimberly.

„Vielleicht.“

Er nahm ihre Hand und sie gingen ein paar Schritte weiter. Abrupt blieben sie stehen. Von irgendwoher kam ein Geräusch. Es war ein gedämpftes und seltsames Geräusch und ... klang so, als würde jemand weinen!

„Der Rotluchs?“ Es war Kimberly, die diese Worte aussprach, furchterfüllt und mit großen, fragenden Augen.

Jim schüttelte seinen Kopf und machte ein Handzeichen, sie solle dort bleiben, wo sie war. Dann ging er ein paar Schritte weiter und duckte sich hinter drei Espen. Was er sah, nahm ihm den Atem. Er war sich nicht einmal sicher, dass er glaubte, was er da sah und hörte.

Mit einem Mal erschienen ihm die Stadt *Show Low*, wo er zu Hause war, und sein Hund Jiggers sehr weit entfernt. So als gehörten sie zu einer anderen Welt. Das konnte einfach nicht wahr sein! Das Ganze machte überhaupt keinen Sinn.

Jim nahm einen tiefen, schaudernden Atemzug und begann, rückwärts zu gehen. Sachte ging er Schritt für Schritt zurück bis zu der Stelle, wo Kimberly auf ihn wartete. Er betete, er möge nicht auf einen verräterischen Ast treten und ausrutschen.

Kimberly streckte ihre Hand aus, um seinen Arm zu berühren, und sah den erschrockenen Ausdruck in seinen braunen Augen. „Was ist los, Jim? Was hast du gesehen?“

Jim deutete mit dem Finger vor sie hin und schüttelte seinen Kopf. Dann nahm er Kimberlys Hand und führte sie schnell fort von den Bäumen und zurück in die Hütte. Nachdem er die große, schwere Tür geschlossen hatte, lehnte er sich dagegen und ließ seinen angehaltenen Atem raus.

„Jim Robbins, hätten Sie die Güte, mir zu erzählen, was Sie gesehen haben?"

„Was?", fragte Shawn von seinem Platz am Feuer aus. „Worüber redest du?"

Kimberly rang hilflos die Arme. „Wie soll ich das wissen? Jim wurde plötzlich mit Stummheit geschlagen!"

Jim schälte sich aus seiner Jacke und zog seine nassen Schuhe aus. „Ich bin mir nur nicht ganz sicher, ob das, was ich gesehen habe, wahr ist!"

„Was du redest, macht überhaupt keinen Sinn!", zischte Shawn.

Jim hängte seine und Kimberlys Jacke auf und ließ sich auf die schmutzige Couch fallen. „Also gut, ich habe Folgendes gesehen: Matthew kniete im Schnee ..."

„*Kniete*!", zischte Shawn.

„*Im Schnee*?" Kimberly hatte eindeutig Zweifel.

„Shhh!" Jim warf einen flüchtigen Blick in Richtung Tür. „Lasst mich ausreden. Er kniete im Schnee und – könnt ihr euch das vorstellen? – und weinte!"

Shawn schüttelte seinen rotblonden Kopf. „Niemals. Nicht der alte Matthew."

„Bist du ganz sicher, Jim?", fragte Kimberly.

„Das ist das, was ich tatsächlich gesehen habe. Und das Weinen, das wir gehört haben, kam auch von Matthew. Er hielt seinen Hut in einer Hand und weinte!" Als Jim sah, wie ihn Kimberly und ihr Bruder anstarrten, sagte er: „Hey, ihr müsst mir nicht glauben!"

Kimberly stieß einen kräftigen Atemstoß aus. „Ich glaube dir, Jim. Die Frage ist nur ... *warum*?"

„Jim, das bildest du dir ein", sagte Shawn anklagend.

Jim schüttelte den Kopf. „Nein, das bilde ich mir nicht ein. Aber eines versichere ich euch: Wenn Matt je noch einmal zu seiner Mine gehen sollte, werde ich herausfinden, wovor er niedergekniet hat."

Es verging jedoch eine weitere Stunde, bevor Jim Matt endlich in seinen Minenschacht gehen sah. Ziemlich sicher, dass er bis zum Mittag fortbleiben würde, zog er erneut seine Schuhe an, die von dem lodernden Feuer nun ganz warm und steif waren. Da Kimberly immer noch ihre starren Zehen warm rieb, ging er allein zur Tür hinaus und verfolgte seine Fußspuren. Als er an die Stelle kam, an der er den Einsiedler hatte knien sehen, wartete er zunächst eine lange Zeit, um sicherzugehen, dass er auch wirklich allein war.

*Vorsichtig, Jim*, sagte er zu sich selbst, *geh langsam und nimm's leicht. Lass die Bäume hinter dir. Sachte, sachte.*

Er blieb stehen. Die Fußspuren endeten, wo er den Einsiedler auf seinen Knien gesehen hatte. Aber was hatte er getan? Ganz sicher nicht gebetet.

Er sah über seine Schulter zurück, um sicherzugehen, dass er allein war, und ging langsam ein paar Schritte nach vorn. Hier hatte Matthew niedergekniet. Aber Jim konnte nicht versteh...

„Einen Moment!" Sein Atem ging sacht. „Das kann ich nicht glauben!"

Direkt vor ihm standen zwei Grabmale. „Das glaube ich nicht!" Sie waren aus dunklem, verwitterten Holz gefertigt, Kiefernplatten wahrscheinlich. Jim trat näher heran, um zu sehen, wessen Gräber es waren.

„Matthew Higgins jr.!" Jim rieb seine Augen. Er wollte sicher sein, dass er richtig sah. „Und – und Ralph Higgins!"

Jim kniete nieder und wischte den Schnee weg, der die restlichen Buchstaben überdeckte. Dann hockte er sich auf seine Fersen und rieb sich verwirrt die Stirn.

Matthew Higgins jr. war nur sechs Jahre alt!“, flüsterte er. „Und Ralph war neun!“

Jim stand langsam auf und entfernte sich von dem traurigen Ort. Wenn Matt ihn hier erwischte, könnte es sehr ungemütlich für ihn werden. Er versuchte, seine Fußspuren wegzuwischen, als er zurück in die Hütte stolperte.

„Armer Matt“, murmelte Jim zu sich selbst. „Kein Wunder, dass er so bitter und so böse ist. Seine beiden Söhne liegen direkt hier begraben! Und dennoch ... sein Herz *kann* berührt werden, denn ich habe ihn weinen gesehen!“

## In Sicherheit

Es schien wie eine Ewigkeit, die Danny in den Lauf des Gewehres hineinstarrte, der wie ein langer Tunnel auf ihn wirkte. Neben ihm stand Tina, zitternd und ohne einen Pieps von sich zu geben. Verzweifelt klammerte sie sich an seine Jacke.

„Nun habe ich euch endlich erwischt, ihr Schufte!" Der Mann in der roten Jacke sah sie böse an. „Jedes Jahr plündert ihr meine Hütte, während wir den Winter über unten in der Wüste sind. Nun, dieses Mal habe ich euch auf frischer Tat ertappt!"

Danny hielt seine Hände immer noch nach oben gestreckt. Er versuchte nicht zu stottern, als er zu einer Erklärung ansetzte: „Mister, das ist alles ein Missverständnis! Wir haben eine Bootstour gemacht und ..."

„Bei einem Schneesturm? Komm schon, ich glaube, du kannst dir bessere Ausreden ausdenken!"

„Nein! Als wir gestern losgezogen sind, schien tatsächlich die Sonne! Einer von uns fiel über Bord und hat sich das Bein aufgerissen und seinen Fußknöchel ziemlich schlimm verletzt." Er deutete auf Tina. „Wir haben die drei anderen aus unserer Truppe in einer alten Hütte bei einem Einsiedler zurückgelassen und sind weitergezogen, um Hilfe zu suchen.

„Er sagt die Wahrheit", flehte Tina den Fremden an. Ihre grünen Augen waren groß und todernst.

„Soweit ich weiß, gibt es in einem Umkreis von fünfunddreißig Kilometern keine andere Hütte und schon gar keinen Einsiedler."

„Ich weiß nicht, ob er wirklich ein Einsiedler ist", erklärte Danny. „Er redet fortwährend von der Suche nach einer verlassenen *Paralta*-Mine ..."

Der Mann hatte normalerweise einen wohlwollenden Gesichtsausdruck, aber jetzt sah er furchtbar erbost aus. „Jetzt weiß ich, dass ihr lügt! In diesen Bergen hier gibt es überhaupt keine *Paralta*-Minen."

Danny holte tief Luft. „Glauben Sie, wir wüssten das nicht? Um Ihnen die Wahrheit zu sagen: Wir alle trauen diesem alten Kerl nicht über den Weg."

Die Tür der Hütte öffnete sich und heraus trat eine Frau mit einer Schürze. Sie runzelte die Stirn. Ihr ergrautes Haar war zurückgekämmt und sie hatte die schönsten Augen, die Danny jemals gesehen hatte.

„Ich habe die Kinder erwischt, die im Winter unsere Hütte geplündert haben, Mary."

„Was?" Sie schüttelte zweifelnd den Kopf. „Ted, das ist einfach albern! Woher sollten die denn gekommen sein? Und warum sollten sie sich im Schnee herumtreiben?" Sie machte die Tür etwas weiter auf. „Am besten, ihr kommt alle hier ins Warme herein. Plünderer, so ein Quatsch!" Und sie schüttelte erneut den Kopf.

Danny und Tina traten in die mollig warme Küche, in der es nach Salbei, Zimt und Ingwer roch.

Mary nahm ihnen ihre Stiefel und ihre Jacken ab und legte sie zum Trocknen in die Nähe des Ofens. Ted blieb bei der Tür stehen und hielt immer noch das Gewehr in der Hand.

„Mary, ich sage dir, dies ist ein großer Fehler. Du weißt, dass jeden Sommer, immer wenn wir hierher zurückkommen, alle möglichen Dinge verschwunden sind!"

„Sch, sch“, beschwichtigte Mary. „Jetzt setzt ihr beiden euch erst einmal hin und erzählt uns eure Geschichte.“

„Ich habe ihre Geschichte schon gehört!“, fuhr Ted dazwischen.

„Aber, Ted“, erwiderte Mary sanft, „ich habe sie noch nicht gehört.“

Danny seufzte. „Ich denke, es passierte gestern ... oder vielleicht vorgestern, ich kann mich schon gar nicht mehr richtig erinnern. Es scheint schon so lange her zu sein. Egal, wir haben eine Bootstour gemacht ...“

„Auf dem *Black River*“, sagte Mary und nickte. „Und diese Wetterreporter sagten voraus, dass es ein schöner Tag werden würde.“ Sie machte eine abwinkende Handbewegung. „Oh, die Wetterreporter liegen hier im Hochland nie richtig! Wenn sie Regen vorhersagen, scheint die Sonne.“

„Wem sagen Sie das?“, jammerte Danny kläglich.

„Erzählt weiter“, ergriff Mary wieder aufmunternd das Wort. „Ihr habt von einer Bootstour gesprochen.“

Danny nickte, während Tina ängstlich um sich blickte. „So ist es. Mein Vater fuhr uns flussaufwärts und ist dann zum vereinbarten Treffpunkt flussabwärts gefahren, um uns später dort zu treffen.“

„Aber dann ist etwas passiert“, mutmaßte Mary, während sie sich zu den beiden jungen Leuten nach vorn beugte. „Etwas mit eurem Boot und einer von euch wurde dabei verletzt.“

„Wirst du aufhören, ihnen die Worte in den Mund zu legen, Mary!“, schnaubte Ted wütend.

„Aber das tut sie doch gar nicht“, verteidigte Tina sie. „Es ist wirklich etwas Schlimmes passiert. Ein kleinerer Junge, Shawn, ist über Bord gefallen und hat sich den Knöchel so sehr verletzt, dass er nicht mehr laufen kann. Als Danny ihm nachgesprungen ist, um ihn zu retten, stieß das

Boot an einen spitzen Flussstein und bekam einen Riss." Tina zögerte. „Ich kann immer noch hören, wie die Luft aus dem Boot entwichen ist. Und wir haben fast alles verloren. Unseren Proviant, die Decken, das Wasser ... Unsere Jacken konnten wir nur deshalb retten, weil wir sie mittags, als wir Rast machten, liegen gelassen und vergessen hatten."

Danny zuckte mit einer Schulter. „Dann änderte sich das Wetter ganz plötzlich. Es wurde dunkel und begann zu schneien und wir wussten nicht, was wir tun sollten. Bis dieser alte Einsiedler auftauchte."

Tina warf einen flüchtigen Blick auf das Gewehr, das immer noch in Teds Hand lag. „Er trug auch ein Gewehr und wir hatten keine Ahnung, ob er uns töten wollte oder was er sonst mit uns vorhatte."

Danny zuckte mit den Schultern. „Wie Sie sehen, hat er das *nicht* getan, wir sind noch am Leben. Aber einen ganz schönen Schrecken hat er uns eingejagt! Er hasst uns regelrecht, trotzdem hat er uns zu seiner Hütte mitgenommen – er trug Shawn auf seiner Schulter – und er hat uns etwas Kanincheneintopf zu essen gegeben und ließ uns bei sich übernachten."

Langsam ließ Ted seinen Gewehrkolben auf den Boden hinuntersinken und entspannte sich ein wenig. „Dann seid ihr beiden also gekommen, um Hilfe zu holen?"

„Genau das. Wir hatten keine Ahnung, dass es erneut schneien würde und die Holzfällerstraße vollkommen bedeckt sein und alles gleich aussehen würde. Wir überredeten Matthew – so heißt der Einsiedler –, uns seine Stiefel und Überschuhe auszuleihen. Im Sturm haben wir dann jegliche Orientierung verloren und sind schließlich auf Sie gestoßen ... da sind wir nun!"

Mary eilte geschäftig hin und her und brachte ihnen Becher mit heißem Tee und Zimtbrötchen. „Nun, jetzt seid ihr sicher und wahrscheinlich auch recht hungrig. Deshalb ruht euch erst einmal aus und esst ein paar Brötchen."

Ted ließ sich schwerfällig auf einen Küchenstuhl fallen. Er stellte das Gewehr in der Nähe der Tür ab. „Mir scheint, eure Geschichte ist wahr. Das Problem ist nur, wir können euch nicht helfen, weil wir ebenso aufgeschmissen sind."

„Sie haben kein Auto?", entfuhr es Tina überrascht.

Ted warf seinen Kopf in Richtung Vorgarten. „Ich hab da draußen einen guten Cherokee mit Allradantrieb, aber die Batterie ist leer. Sonst hätten wir uns bei der ersten Schneeflocke schon längst davongemacht."

„Soll das heißen, dass Sie hier den Winter über festsitzen?"

„Aber nein!", beruhigte sie Mary lächelnd. „Nur bis irgendein Ranger vorbeikommt und uns beim Starten hilft."

Bei dieser Neuigkeit erhellte sich Dannys Gesicht deutlich: „Könnte das heißen, dass wir in ein oder zwei Tagen in einem Auto flussabwärts mitgenommen werden können?"

Ted brachte ein verzerrtes Grinsen hervor. „Sag lieber eine *Woche* oder zwei. So oft kommen die Ranger nicht vorbei."

„Oh." Es war ein leiser, schwacher Ton, der von Tinas Lippen ausging.

„Aber, was diesen Einsiedler anbetrifft", fragte Ted mit einem Stirnrunzeln, „wer könnte das bloß sein und wo befindet er sich? Wie sieht er denn aus?"

Danny lächelte. „Er sieht wie ein schmutziger, alter Bär aus. Sein Gesicht scheint nur aus Bart und Schnurrbart zu bestehen und er trägt zerlumpte Kleider. Wenn man es nicht anders wüsste, könnte man ihn für ein Tier halten. Ich glaube, er hat seit Jahren kein richtiges Bad mehr genommen."

„Es ist wirklich ziemlich übel", fügte Tina hinzu und verzog ihr Gesicht. „Und der Geruch! Den können Sie sich gar nicht vorstellen!"

Ted wirkte jetzt völlig entspannt und schien Gefallen an diesem Gespräch zu finden. „Ich habe diesen komischen, alten Kauz nie getroffen. Sonst würde ich mich sicherlich an ihn erinnern."

Mary schmeckte eine Soße ab und gab dann noch etwas mehr Hühnerbrühe und Salbei hinzu. „Der arme Kerl, das ganze Jahr hier oben, mutterseelenallein. Ich weiß nicht, wie er das ertragen kann. Vielleicht hat er jegliche Lebensfreude verloren."

Diese Worte ernüchterten sie alle. Womöglich hatte Mary Recht. Vielleicht gab es in seinem Leben tatsächlich irgendeine furchtbare Tragödie, die ihn zu solch einem Einzelgänger gemacht hatte. Es konnte gut sein, dass es in seinem Leben nichts gab, was ihn dazu motivierte, sich um solche Dinge wie Schmutz, Waschen und andere Leuten zu kümmern.

Bei diesem Gedanken erschienen tiefe Falten auf Dannys Stirn.

## Gefangen mit einem Verrückten

Jim konnte es kaum erwarten, seine neue Entdeckung mit Kimberly und ihrem Bruder zu teilen. Er befand sich immer noch etwa 50 Meter von der Hütte entfernt und schritt langsam zurück. Mit einem kleinen Kiefernast verwischte er vorsichtig seine Fußspuren. So weit so gut.

Jim erschrak zu Tode, als ihm plötzlich eine mit einem Handschuh bekleidete Hand einen Schlag versetzte. Er landete mit dem Rücken im Schnee, wobei seine Überraschung größer war als seine Verletzung. Dennoch fuhr er flink mit der Hand über seine linke Wange, wo Matthew ihn geschlagen hatte.

„Du hinterlistiges, spionierendes, kleines Wiesel!", schrie Matt. „Du hast kein Recht, hier herumzuschnüffeln! Das hier ist privat, hast du das verstanden, *privat*!"

Matt stand wie ein riesiger Graubär über ihm. Sein Gesicht war violett vor Zorn und seine Adern quollen blau aus seinem Hals hervor. Jim fragte sich, ob ihn der Mann wohl an Ort und Stelle umbringen würde.

„Sir, es tut mir Leid. Ich habe nicht herumspioniert, ehrlich!" Und er versuchte verzweifelt zu erklären, wie es dazu kam, dass er gerade dort war. „Wir sind nur ein bisschen frische Luft schnappen gegangen, ich und Kimberly, und ..." Er brach ab. Er traute sich nicht zu sagen, dass sie Matthew hier kniend gesehen hatten.

Matts Augen wurden größer und blickten listig. „Ihr habt mich gesehen, stimmt's?"

Wie zum Schutze gegen einen weiteren Schlag hielt Jim seine Hände vors Gesicht. Seine linke Wange war von Matthews Schlag knallrot und er lag immer noch mit dem Rücken im Schnee. „Wir haben das nicht gewollt, wirklich nicht."

„Wo ist das Mädchen jetzt?"

„Sie ... sie ist in der Hütte."

„Dann bist du also allein zurückgekommen, um mir nachzuspionieren!"

„Nun, ich ... ich habe mich gewundert, das stimmt schon." Jim hievte sich auf seine Knie. Als kein weiterer Schlag kam, stand er ganz auf. „Matt, das mit Ihren Jungs tut mir wirklich Leid."

Der alte Mann schwenkte einen Arm zurück, als wollte er zu einem weiteren Schlag ausholen. Der wilde Ausdruck in seinen Augen jagte Jim Angst ein. Wenn der Einsiedler auch nicht vollkommen verrückt war, dann fehlte aber auch nicht mehr sehr viel dazu!

Schwerfällig ließ Matthew seinen Arm sinken. „Du bist ein Dreck, weißt du das? Das wird ein Freudentag sein, wenn ihr alle von hier verschwindet und mir endlich wieder meinen Frieden lasst."

„Matt?" Jims Stimme war nun leise und freundlich. „Haben Sie wirklich Frieden in Ihrem Herzen?"

„Hah! Es gibt nirgends in der Welt Frieden. Aber es gibt an diesem Ort hier wesentlich mehr davon, wenn ihr endlich von hier verschwindet!"

„Sprechen Sie – ähm – sprechen Sie jemals mit Gott, Matt?"

Matthew hatte sich gerade weggedreht. Jetzt wirbelte er abrupt herum.

„Sprich mit mir nicht über Gott!", knurrte er. „Alles,

was er jemals für mich getan hat, das war, mir meine Jungs und meine ..." Er brach plötzlich ab und wirbelte davon.

*Und seine was*?, fragte sich Jim neugierig. *Seine Frau*? Aber es gab hier kein Grabmal mit dem Namen einer Frau.

Als Matthew wieder in die Hütte zurückkam, war es bereits dunkel. Inzwischen kannte sich Kimberly bestens mit den Kerosinlampen aus. Sie zündete den Docht an, während Jim das Feuer zurechtmachte. Es war noch etwas Rehbraten übrig geblieben, daraus machte sie für alle drei einige Sandwiches.

„Ich wünschte, ich wäre niemals auf diesen blöden Ausflug mitgekommen!", murrte Shawn zum fünften Mal an diesem Tag. „Hier sitzen wir nun – *irgendwo* – und sind zusammen mit einem Bekloppten vom Schnee eingeschlossen!"

Kimberly stöhnte. Sie sah auch nicht gerade entzückt aus. Sie und Shawn waren beide backfrische Christen, so fiel Jim die Rolle des geistlichen Führers zu. Nun ja, er betete und zitierte einige Bibelverse, aber in Wahrheit hatte er genauso viel Angst wie die anderen.

Und wo waren nur Danny und Tina geblieben?

Es war bereits nach acht Uhr, als Matt hereinschlurfte. Er trug in der einen Hand eine Laterne und sah völlig ausgelaugt aus. Jim glaubte, unter der dicken Schmutzschicht gerötete Augen zu sehen und fragte sich, ob der Einsiedler wohl wieder geweint hatte. Matt hielt seinen Kopf gebeugt und warf nur einen flüchtigen Blick auf das Trio. Vielleicht schämte er sich, Jim geschlagen zu haben. Oder? Wer konnte aus diesem geheimnisvollen, alten Mann jemals schlau werden?

„Ich habe Ihnen ein Sandwich und einen Kaffee gemacht", sagte Kim zu ihm. „Ich hoffe, das ist okay."

Matt streifte seinen schweren Mantel ab und hängte ihn an einen Nagel. Dann ließ er sich mit einem langen, müden Seufzer auf den Tisch hinunterplumpsen. „Na dann“, donnerte er, „wo ist er?“

Kimberly holte ihm das Sandwich und Jim brachte ihm eine Tasse mit dampfendem, schwarzen Kaffee.

„Es tut mir Leid, dass Sie so müde sind“, ließ Shawn schüchtern verlauten.

„Ich bin nicht müde!“, schimpfte Matthew. „Und ich bin auch nicht einsam, falls dieser Gedanke in euren Kindsköpfen herumspukt!“ Kräftig biss er in sein Sandwich und murmelte: „Meine Eichhörnchen sind meine Gesellschaft.“ Er hielt seinen Kopf über das Essen gebeugt, aber unter seinen buschigen Augenbrauen beobachtete er durchdringend das ängstliche Trio. Er schluckte etwas Kaffee hinunter und nahm einen weiteren Bissen von seinem Sandwich. Dann stieß er unter heftigem Keuchen hervor: „Ich hätte dich nicht schlagen sollen.“

Jim schluckte. „Ich habe mich falsch verhalten. Das tut mir Leid.“

„Ich brauche noch zwei weitere Sandwiches“, befahl der Mann mit vollem Mund. „Ich muss noch meine Eichhörnchen füttern.“

Kimberly und Jim machten sich sofort daran, noch mehr Sandwiches zu machen. Kimberly sah zu Jim hinüber und zog fragend eine Augenbraue hoch, aber Jim zuckte nur mit den Schultern. Matt war einfach verrückt und verrückte Leute taten verrückte Dinge. So einfach war das.

Jim brachte dem Mann zwei weitere Sandwiches. „Meine Güte, Matt, ich wäre wirklich todeinsam, wenn ich hier ganz allein in den Bergen leben würde.“ Er zögerte und entschied sich dann, einen weiteren Versuch zu wagen. „Matt? Hat Ihnen schon mal jemand gesagt, dass Jesus Sie lieb hat?“

Matthew setzte seine Tasse so heftig auf, dass der ganze Tisch wackelte. Seine Augen bohrten Löcher durch Jim hindurch und Jim dachte, er habe gerade einen riesengroßen Fehler begangen. Er wusste nicht, ob Matt ihn gleich ins Feuer, in den Schnee oder den Berg hinunterwerfen würde.

Matt stopfte den Rest seines zweiten Sandwiches in den Mund und sprang dann auf. Sekunden später hatte er seinen Hut aufgesetzt und stürmte in die Nacht hinaus, nachdem er die Tür hinter sich zugeknallt hatte.

Kimberly legte schüchtern ihre Hand auf Jims Arm. „Jim, ich bin mir sicher, Tränen in seinen Augen gesehen zu haben, als du ihn auf Jesus angesprochen hast!"

Jim holte tief Luft. „Hoffentlich hast du das. Ich habe nämlich seinen glühenden Zorn gesehen und dachte, dieses Mal hätte wirklich mein letztes Stündchen geschlagen."

„Nein, Jim, Matthew hat wirklich einen weichen Kern. Nur möchte er nicht, dass irgendjemand etwas davon erfährt."

Shawn stöhnte. „Meine Meinung dazu ist, dass ich wesentlich besser hinter seine Fassade blicken könnte, wenn ich nicht erst durch diese dicke Schmutzschicht hindurchsehen müsste!"

„Und durch das ganze Haar", fügte Kimberly hinzu. „Was würde ich darum geben, ihn mit einer Schere bearbeiten zu dürfen!"

„Shhh! Ihr kennt ihn doch", warnte Jim. „Während wir uns in Sicherheit wiegen, könnte er an der Tür stehen und alles mithören."

„Und dich hat er als hinterlistig bezeichnet!", flüsterte Shawn.

Seit Jim den alten Mann in Tränen gesehen hatte, fühlte er sich ihm irgendwie näher. Unter all diesem Haar und Schmutz verbarg sich doch tatsächlich ein menschliches Wesen. Eines, das immer noch in der Lage war, Schmerz und Kummer zu empfinden. Nur hatte der arme alte

Knabe einen Panzer um sich herum aufgebaut, damit ihn niemand mehr verletzen konnte. Das schien alles so traurig. Und Matthew *war* einsam! Sicher, sonst hätte er das Wort „Einsamkeit" niemals erwähnt.

„Jim?", sagte Shawn leise.

Jim sah zu seinem Freund hinüber. „Ja?"

„Eines bleibt mir ein Rätsel. Wo *sind* die Eichhörnchen, von denen Matt sagt, er füttere sie? Hast du jemals auch nur ein Eichhörnchen um die Hütte herum gesehen?"

„Er hat Recht", pflichtete ihm Kimberly bei. „Ich habe kaum mehr als eines oder zwei gesehen, und die waren so scheu, dass sie sich sofort auf- und davonmachten, als sie mich gesehen haben."

Jim überlegte, aber bevor er eine Antwort geben konnte, fuhr Shawn fort: „Kennst du den Park in *Show Low*?" Als Jim nickte, sagte Shawn: „Die Leute legen dort immer Nüsse und Sonnenblumenkerne für die Eichhörnchen hin. So verlieren sie ihre Scheu vor den Menschen. Sie sind sogar schon direkt zu mir gekommen und haben ihre Vorderpfoten auf meine Jeans gelegt und um Essen gebettelt. Wenn Matt also die Eichhörnchen hier füttert, wo sind sie dann?"

„Stimmt!", pflichtete ihm Kimberly erneut bei. „Sie wären inzwischen so zahm, dass sie bereits an der Tür auf Matthew warten würden, um von ihm gefüttert zu werden!"

„Das stimmt allerdings", sagte Jim langsam. „Wo sind sie dann aber, die Eichhörnchen, die Matt angeblich füttert?"

Die drei Jugendlichen starrten einander an, aber keiner von ihnen wusste eine Antwort.

„Und dieser Schuppen, von dem Matt behauptet, er sei ein Räucherhaus", dachte Jim laut, „warum sehen wir niemals Rauch aus den Ritzen kommen?"

Shawn kratzte sich am Kinn. „Vielleicht hat Matt die Ritzen von innen versiegelt.“

„Vielleicht.“

Kimberly sah ihren Bruder böse an. „Shawn, könntest du bitte mit diesem Kratzen aufhören! Du fängst ja schon an wie Matt!“

Shawn grinste schelmisch. „Das liegt daran, dass ich mich genauso dreckig fühle, wie er aussieht.“

Jim sah an seiner eigenen schmutzigen Jeans und seinem Hemd runter. „Das sieht wirklich nicht sehr ehrenhaft aus.“ Schnell wechselte er das Thema.

„Hört zu, Leute, ... ähm ... Shawn und Kimberly, ich habe einen Plan.“

„Oh nein!“, stöhnte Shawn.

„Nein, hört zu. Das Räucherhaus hat von Anfang an unsere Aufmerksamkeit auf sich gezogen.“ Jim nahm einen tiefen Atemzug und wurde immer leiser, bis seine Stimme nur noch ein reines Flüstern war. „Heute Nacht, ganz spät, ungefähr, wenn der alte Matt zu schnarchen beginnt, werde ich das Räucherhaus näher unter die Lupe nehmen!“

Shawn schüttelte hoffnungslos den Kopf. „Du bist wirklich ein Schnüffler, weißt du das?“

Kimberly protestierte ebenfalls. „Jim, die Nächte hier sind so schwarz wie der Bauch eines Walfisches. Und Matts Laterne kannst du ganz bestimmt nicht mitnehmen; wie willst du also irgendetwas sehen können?“

Jim saß im Schneidersitz vor dem Feuer. Knisternde Flammen sprangen in seine dunklen Augen. „In der Nacht, bevor wir unsere Bootstour starteten, war fast Vollmond, erinnert ihr euch? Also müsste heute Nacht Vollmond sein. Und bei dem vielen Schnee wird es draußen richtig hell sein.“

„Das ist eine verrückte Idee“, widersprach Shawn.

Kimberly zeigte sich langsam etwas verständiger. „Jim, was erhoffst du dir davon? Was, glaubst du, könnte außer Fleisch noch in diesem Räucherhaus sein?"

Jim strich mit einem Finger über den schmutzigen Teppich. „Ich weiß es nicht. Aber warum hält er uns von dem Räucherhaus fern? Sowieso: Wie sollten wir sein Fleisch überhaupt stehlen?" Seine Lippen wurden schmäler und seine Augen verengten sich. „Nein, es gibt irgendein großes Geheimnis hinter diesem Schuppen und ich werde es herausfinden!"

## Der mysteriöse Schuppen

Gerade in dem Moment, als die Jugendlichen sich ganz sicher waren, dass Matt in jener Nacht bestimmt nicht zurückkehren würde, öffnete sich die Tür und ein kalter Luftzug strömte herein. Matts buschiger Schnurrbart war mit einer Eiskruste behaftet und sein hartes, ledernes Gesicht war vor Kälte violett. Er streckte seine Hände zum Feuer hin, während seine kleinen, funkelnden Augen die Jungs beobachteten.

„Ihr sorgt für heißen Kaffee?“

Jim sprang auf. „Ja, Sir.“

Er nahm eine Tasse und goss sie mit der dampfenden Flüssigkeit randvoll. Dann reichte er sie dem Mann.

„Das Feuer tut gut.“

„Ja, Sir.“

Matthew schälte sich aus seinem Mantel heraus. Kimberly nahm ihn ihm ab und hängte ihn auf. Der Mann wandte die ganze Zeit keinen Blick von Jim. „Wie kommt es also, dass drei Kids wie ihr religiös seid? Ihr müsst irgendeiner Sekte verfallen sein.“

Jim bemühte sich sehr, ein Lächeln zu unterdrücken. „Oh nein, Sir! Und es handelt sich hierbei nicht um Religion. Es geht um Jesus.“

Matt grinste spöttisch. „Was ist da schon der Unterschied?“

„Ein großer“, warf Kimberly ein. „Es gibt eine Unmenge von Religionen auf der ganzen Welt, aber Jesus als seinen Herrn anzunehmen und mit ihm zu leben – das ist etwas vollkommen anderes."

„Sie hat Recht", bestätigte Jim. „Jesus hat gesagt, dass er der Weg, die Wahrheit und das Leben ist und dass niemand zu Gott kommen kann außer durch ihn."

Matts ganzer Körper wurde starr. Er war vor Zorn wie gelähmt. „Pah! Ihr hört euch genauso an wie ..." Anstatt seinen Satz zu beenden, stürmte er erneut aus der Hütte und schloss die Tür hinter sich.

Kimberly strahlte übers ganze Gesicht. „Das hat jetzt so richtig gut getan!"

„Ja, wirklich", stimmte ihr Jim zu. „Und er war derjenige, der das Thema aufgebracht hat."

Shawn hatte so seine Zweifel. „Ich hoffe, ihr habt Recht, aber er ist sofort zornig geworden."

„Und er hat begonnen zu sagen, dass wir genauso wie jemand anderer reden würden. Ich frage mich, wer das wohl ist."

Jim zog eine Augenbraue hoch. „Das habe ich mich auch gefragt. Ich glaube, er hat vorher schon mal von Jesus gehört. Aber ..."

„Ich weiß." Shawn sah aus, als hätte er eine Erleuchtung. „Er wurde verletzt. In seiner Seele, meine ich, und nun ist er böse und verbittert."

Kimberly warf ihrem Bruder einen empörten Blick zu. „Das ist doch nichts Neues, Shawn! Jim hat doch erzählt, dass er Matt an diesen Gräbern hat weinen sehen!"

„Da muss mehr dahinter stecken", beharrte Shawn hartnäckig. „Wo ist seine Frau? Ohne Frau kannst du keine Kinder haben. Und Jim hat gesagt, dass da kein Grab von ihr war." Er nickte weise. „Ich wette, seine Frau ist Christin. Sie hat ihn verlassen und ihn hier in seiner Mine und seinen Bergen sich selbst überlassen!"

Jim pfiff durch die Lippen: „Du könntest Recht haben, Shawn, aber sicher werden wir das wahrscheinlich nie wissen.“

„Irgendwie tut er mir Leid, wie er hier so völlig allein in dieser dreckigen, alten Hütte haust.“ Kimberlys große, blaue Augen sahen traurig aus.

Shawn zog eine Grimasse. „Er könnte die Hütte sauber machen, wenn ihm etwas daran läge. Und er könnte runter in die Gegend von *Tucson* oder nach *Flagstaff* oder irgendwo anders hinziehen. Keiner zwingt ihn, hier zu bleiben.“

Sie hielten abrupt inne, als sich die Eingangstür öffnete. Matthew schritt herein, ohne die drei Jugendlichen auch nur eines Blickes zu würdigen. Er schleuderte seinen Mantel auf den Nagel an der Wand und goss sich den restlichen Kaffee ein. Dann machte er sich auf ins Schlafzimmer.

„Möchten Sie, dass ich Ihnen noch etwas Kaffee koche?“, fragte Jim freundlich.

Zur Antwort bekam er nur ein Knurren. Da Jim keine Ahnung hatte, ob dieses Knurren ein „Ja“ oder ein „Nein“ bedeutete, machte er keine Anstalten, frischen Kaffee zu kochen. Einige Sekunden später hörten sie, wie Matts schwere Stiefel auf dem Fußboden neben dem schmutzigen Bett herunterplumpsten. Ungeduldig warteten sie darauf, sein Schnarchen zu hören. Als sie nichts vernahmen, fragten sie sich, ob er wohl wieder an der Tür stand und sie belauschte.

Kimberly legte einen ihrer schmalen Finger auf die Lippen und schüttelte den Kopf.

Shawn stieß einen Seufzer aus. Sein Magen knurrte vor Hunger, und er fragte sich, ob er es wohl wagen dürfte, sich ein Stück Brot zu nehmen und es mit Erdnussbutter zu bestreichen. Es schien ihm, dass, je länger sie dort waren, Matt seine Vorräte mehr und mehr rationierte. Nicht, dass er ihm wirklich etwas vorwerfen konnte. Es war nicht einfach für Matthew, hier oben an Nahrungsmittel ranzukommen. Zwar hatte er all das Fleisch im Räucherhaus – nur: Wie viel Fleisch benötigte man, um eine Person durch den Winter zu bekommen? Und waren da nicht ständig Kaninchen in der Nähe?

Plötzlich ertönte ein leises Geräusch. Jim drehte seinen Kopf in Richtung Schlafzimmer. Sachtes Schnarchen. Schlief der Einsiedler tatsächlich oder simulierte er nur, um zu hören, was sie über ihn sagen würden?

„Er schläft", entschied Kimberly im Flüsterton.

Jim zuckte mit einer Schulter und formte unhörbar mit den Lippen: „Ich weiß es nicht. Ich muss es *sicher* wissen."

Langsam verstrich eine Minute nach der anderen. Allmählich wurde das Schnarchen tiefer und lauter. Matt schlief tief und fest, das war bombensicher. Niemand konnte solch ein Schnarchen simulieren!

Jim schlüpfte aus seiner Wolldecke heraus und zog seine warme Jacke an. Dann legte er behutsam einige Holzscheite unter seine Decke, für den Fall, Matt würde wegen irgendetwas aufstehen. Dann würde er glauben, Jim schliefe fest. Er hasste es herumzuschnüffeln, aber hier ging irgendetwas Mysteriöses vor sich, und er spürte, dass es wichtig war.

Das Feuer warf tanzende Schatten an die Wand. Jim öffnete die Tür, glitt gewandt nach draußen und schloss sie behutsam hinter sich zu.

Mein lieber Schwan, hier draußen war es wirklich kalt!

Der Mond schien hell. Er sah weiß und unfreundlich aus. Über dem Schnee hatte sich eine Eiskruste gebildet, die den Pfad zum Räucherhaus glitschig und sehr tückisch machte. Ein kräftiger Wind ließ seltsame Schatten über ihn herfallen und Jim ertappte sich dabei, wie er sich vor ihnen duckte, so als wären sie lebendig.

Mehrere Male sah er über seine Schulter zurück in der angstvollen Erwartung, Matthew könnte ihm folgen. Wenn ihn der alte Mann diesmal beim Herumschnüffeln ertappte, wäre er sicherlich zu einigem mehr fähig, als ihm einen Schlag zu verpassen. Er wäre ganz sicher in der Lage, ihn über den Bergrand zu werfen!

Als die dünne Eiskruste beim Laufen einbrach, ertönten unheimliche, krachende Geräusche. Ob man diese Geräusche wohl auch im Innern der Hütte hörte? Jim drosselte sein Tempo und bewegte sich nur noch Zentimeter um Zentimeter vorwärts, wobei er jeden Schritt vorsichtig aufsetzte.

Das Räucherhaus befand sich jetzt direkt vor ihm. Eine dünne, graue Rauchfahne stieg aus einem Ofenrohr auf. Seltsam.

Zahlreiche Spuren führten zu und von dem Räucherhaus weg, deshalb war er wegen seiner eigenen Fußspuren unbesorgt. Niemand würde sie jemals sehen können.

Ein lauter Schrei aus dem Innern des schuppenartigen Gebäudes ließ ihn zurücktaumeln. Es war derselbe Schrei, den sie gestern Nacht gehört hatten. Derselbe Schrei, der den alten Mann mit seinem Gewehr in der Hand aus der Hütte hatte stürzen lassen.

Jim wurde von Panik ergriffen. Er schnellte nach vorn, verschwand hinter dem vermeintlichen Räucherhaus und presste seinen Körper dicht dagegen.

Zitternd blieb er stehen und versuchte ruhiger zu atmen. Er durfte jetzt keinen Laut von sich geben. Aber aus dem Innern des Schuppens drangen Geräusche. Jemand weinte. Kein wütendes, zorniges Weinen, sondern trauriges, schmerzvolles Weinen.

„Das ist überhaupt kein Räucherhaus“, sagte Jim zu sich selbst. Da ist jemand drin! Aber wer? Und warum?

Jim musste nicht lange warten. Einige Sekunden nach

dem ersten Schrei hörte er, wie die Tür der Hütte zugeknallt wurde. Böse Schritte stampften durch den Schnee in Richtung Schuppen. Dieses Mal erklangen jedoch keine Schüsse in die Nachtstille hinein. Stattdessen hörte Jim von der anderen Seite des kleinen Bauwerkes eine heisere Stimme flüstern.

„Ich hab dir schon mal gesagt, mit diesem Geschrei aufzuhören! Hör zu, ich will nicht grob werden, aber wenn es sein muss, werde ich es. Und dein Schreien nützt überhaupt nichts, hör also auf damit!"

Jim dachte, er sei fertig, als – bumm, bumm – zwei Schüsse in die Luft gefeuert wurden.

*Ah, jetzt verstehe ich. Matt muss schießen, damit er uns sagen kann, dass der Rotluchs wieder um die Hütte herumgeschlichen ist.*

Aber eine Frage ließ ihn immer noch nicht los: Wer befand sich in diesem Schuppen?

## Ein Hubschrauber

Tina und Danny waren nun schon drei Tage bei Mary und Ted. Ihre Hütte trug ein Giebeldach, unter dem ein Speicher war. Dort schlief Danny. Tina machte es sich unten im Wohnzimmer auf der Couch bequem. Aber ihre Anwesenheit war für Mary und ihren Mann eine zusätzliche Belastung. Zum einen hatte schon lange kein Ranger mehr vorbeigesehen und zum anderen gingen die Essensvorräte rasant zu Ende.

Danny saß am Kaminfeuer und wärmte sich auf. Er starrte auf den Boden und dachte laut: „Ob Matthews Essensvorräte wohl auch zur Neige gehen?"

Tina schüttelte ihren kastanienbraunen Kopf. „Wie könnten sie, mit einem ganzen Räucherhaus voller Fleisch?"

Danny warf seinen Kopf zurück. „Stimmt. Sie sind weit besser dran als wir."

„Wir sollten morgen lieber nach Kaninchen jagen, Danny", schlug Ted vor. „Ich hoffe, du kannst mit einem 410er-Gewehr umgehen?"

Danny grinste kopfnickend. „Kein Problem."

Teds Frau Mary steckte ihren Kopf durch die Türöffnung in der Küche. „Ich fürchte, wir müssen uns mit gebratenem Kaninchen begnügen. Unser Gemüse ist komplett aufgebraucht, selbst die Kartoffeln."

„Das ist alles unsere Schuld." Tina klang betrübt.

Ted machte eine abwinkende Handbewegung. „Wir haben uns bemüht, alle unsere Nahrungsvorräte aufzubrauchen, bevor wir die *White Mountains* wieder verlassen würden, weil wir sie nicht den Plünderern überlassen wollten. Macht euch keine Sorgen; so lange es draußen Kaninchen und Eichhörnchen gibt, werden wir nicht verhungern."

Mary trat nun ins Zimmer herein und stellte sich an den Ofen. Inzwischen war die Dämmerung hereingebrochen und ein eisiger Frost kroch in die Hütte. Mary rieb kräftig ihre Hände, um sie aufzuwärmen, und sagte: „Als wir für den Sommer hier hoch kamen, hatten wir Unmengen an Lebensmitteln. Wir waren beide ziemlich erschöpft und sehnten uns nach einem langen Sommer, in dem wir nicht ständig einkaufen gehen mussten. Was wir nicht bedacht haben, war, dass sich die Batterie in unserem Auto entleeren könnte, wenn das Auto so lange außer Betrieb ist."

„Ich hätte ab und zu rausgehen und den Motor im Leerlauf laufen lassen sollen." Ted rang seine Arme. „Aber das habe ich nicht getan. Nun gut, der Ranger wird bestimmt früher oder später vorbeikommen und die Hütten kontrollieren. Bis dahin werden wir wohl ausharren müssen."

Danny starrte auf den Boden. „Ich mache mir immer mehr Sorgen um meinen Bruder und die anderen. Sie können sich wirklich nicht vorstellen, wie schrecklich diese alte Bisamratte ist, bei der sie untergekommen sind."

Ted und Mary schüttelten ihre Köpfe. Sie hatten Matthew nie gesehen und konnten sich nicht vorstellen, wie furchtbar er war.

„Glaubt ihr wirklich, dass er verrückt ist?", fragte Ted.

„Sein Verhalten gibt genug Anlass dazu", meinte Tina traurig.

„Er hat einen schmutzigen Bart, der ihm fast bis zur Taille reicht, und seine Haare sind lang und strähnig." Danny schüttelte seinen Kopf. „Ich bezweifle, dass er innerhalb der letzten zwei Jahre ein Bad genommen hat, und dieser Gestank ..." Er brach ab und rümpfte die Nase.

„Das ist eher ein buntes Gemisch von verschiedensten Gerüchen", ergänzte Tina. „Dreck und abgestandenes Essen und Rauch und allerlei Getier. Man kann sogar den entfernten Geruch von Stinktieren wahrnehmen. Es ist wirklich schrecklich!"

Mary erschauderte. „Das klingt wirklich furchtbar. Aber ich habe gerade darüber nachgedacht ... Danny, du hast doch gesagt, dass euch dein Vater einige Meilen flussabwärts abholen wollte. Bestimmt hat er inzwischen veranlasst, dass diese Gegend abgesucht wird."

Ted stieß einen rauen Seufzer aus. „Mary, die *White Mountains* ziehen sich weit hin. Zweihundert Männer bräuchten möglicherweise mehrere Wochen, um sie zu durchkämmen. Und niemand würde den Weg diese steilen Abhänge hinauf wieder zurückschaffen, selbst wenn kein Schnee liegt. Doch jetzt, wo der Schnee auch die Holzfällerstraße verdeckt ... na, da jemanden zu finden könnte eine lange, lange Zeit brauchen." Auf seinem Gesicht erschien plötzlich ein Lächeln und seine blauen Augen blitzten. „Aber Kinder, ihr werdet gerettet, darauf könnt ihr euch verlassen. Kein Vater gibt seine Kinder auf. Sobald der Ranger vorbeikommt und mein Auto wieder in Gang bringt, sind wir weg!"

Es blieb ihnen gar nichts anderes übrig, als sich damit zu trösten, obwohl es schien, als habe der Ranger diesmal vollkommen vergessen, seine übliche Runde zu drehen, um sicherzugehen, dass alle Sommerurlauber wieder wohlbehalten zurückgekehrt waren.

Danny kletterte auf den Dachboden hinauf, zog einen Schlafanzug von Ted an und legte sich ins Bett. Er und Ted wollten am nächsten Morgen früh aufbrechen. Vielleicht würden sie Glück haben und mehrere Kaninchen fangen. Er betete dafür, während er langsam einschlief.

Seine Träume waren jedoch dunkel und trüb. Immer wieder tauchte Jim darin auf, der sich in irgendwelchen Schwierigkeiten befand, und Danny konnte ihm nicht helfen. Dann sah er den Einsiedler, dessen Gesicht violett vor Zorn war. Er bedrohte Jim und Jim hatte Angst. Dann schwand der Traum dahin und Danny saß senkrecht im Bett. Er atmete schwer und auf seiner Stirn hatten sich kalte Schweißperlen gebildet.

Er musste Tina davon erzählen, damit sie gemeinsam für die Situation der anderen drei beten konnten. Danny warf seine Decken zurück und war schon auf halbem Wege die Leiter herunter, als er innehielt. Das war dumm von ihm. Warum sollte er Tina wecken? Sie schlief friedlich. Also kletterte Danny die Leiter wieder hoch und kniete lange neben seinem Bett nieder, wo er Gott das Schicksal seines Bruders und der anderen beiden anvertraute.

Einige Zeit später taumelte er ins Bett zurück und war innerhalb einer Sekunde eingeschlafen. Zwei Stunden später schlug er die Augen wieder auf und hörte, wie ein zwitschernder Bergspatz auf dem Fenstersims emsig sein Nest baute. Danny reckte sich, während er zusah, wie die Spätzin und ihr Gemahl mit Stroh und getrocknetem Gras in ihren Schnäbeln geschäftig hin und her flatterten. Behutsam bauten sie an ihrem behaglichen Nest, in dem sie ihre Jungen großziehen konnten.

„Bist du wach, Danny?“, rief eine Stimme zu ihm herauf. „Komm herunter. Mary hat gerade die letzten Haferflocken gekocht. Wir müssen bald aufbrechen.“

„Ich komme!“

Es war ein großartiges Gefühl, von dem Dreck in Matts Hütte weit entfernt zu sein und sich an einem Ort zu wissen, wo es ein Badezimmer gab, in dem man sich frisch machen konnte.

*Die anderen tun mir echt Leid*, dachte Danny bei sich. *Keine Gelegenheit, sich zu waschen. Eingesperrt in den eigenen dreckigen Kleidern. Ein Hüttchen als Toilette ...*

„Es tut mir Leid, dass ich keine Haferflocken mehr für eine zweite Portion habe“, entschuldigte sich Mary. „Ich habe aber noch genug Maismehl, daraus könnte ich entweder Maisbrei oder gebratene Pastetchen machen, die wie süße Brötchen schmecken. Die könnten wir mit Sirup essen, das wäre gar nicht mal so schlecht“, sagte sie munter.

Danny dachte an den leckeren gebratenen Maisbrei, den sie bei Matt gegessen hatten. Vielleicht sollte er Mary erklären, wie man ihn zubereitete. Schließlich entschied er sich aber doch dagegen. Sie sollte es so machen, wie sie es gewohnt war. Wer war er denn, dass er ihr erzählen wollte, wie man kochte!

Die Haferflocken waren gar nicht mal so schlecht, sogar mit Dosenmilch und weißem Zucker. Dann, sobald sie mit dem Essen fertig waren, gab Ted Danny ein Gewehr in die Hand. Er selbst nahm auch eines und sie verließen gemeinsam die Hütte.

Kaum befanden sie sich jedoch im Freien, als Ted auf der Stelle stehen blieb. Seine Augen suchten forschend den Himmel ab. „Wir müssen uns beeilen, Danny. Diese Wolken am Horizont sehen nicht sehr verheißungsvoll aus.“

„Das verstehe ich nicht“, keuchte Danny, als er neben dem Mann entlangtrabte. „Ich meine, jeder, der in Nordarizona lebt, weiß ja, dass sich die Wetterreporter ständig irren. Aber ich habe zeit meines Lebens hier gelebt und noch nie ist der Winter so früh hereingebrochen!"

Ted runzelte die Stirn. „Nun, dieses Mal scheint es anders zu sein. Wir müssen jetzt aber still sein, wenn wir in den Wald kommen. Sei wachsam."

Es war noch früher Morgen, jene Zeit, zu der die Kaninchen auf ihren verschiedenen Wegen unterwegs sind. Danny konnte eines in Schussweite vor ihnen sehen und berührte Teds Arm, um ihm zu signalisieren, er solle warten. Das Kaninchen saß aufrecht da und versuchte, wie ein Teil des Waldes zu erscheinen.

Danny hasste es zu töten. Er liebte Tiere und Schießen war einfach nicht seine Sache. Aber jetzt waren sie in einer Notlage und sie brauchten etwas zu essen. Langsam hob er das Gewehr, legte an und drückte den Abzug.

„Gute Beute, Danny!", jubelte Ted. „Damit ist schon mal fürs Abendessen gesorgt!"

Danny zögerte. „Vielleicht reicht das ja. Vielleicht kommt der Ranger im Laufe des Morgens und wir müssen keine weiteren Kaninchen schießen."

„Das können wir nicht riskieren", entgegnete Ted finster. Er warf Danny einen scharfen Blick zu. „Hey, du bist doch nicht etwa zimperlich, wenn es darum geht, Tiere für den eigenen Proviant zu schießen, oder?"

„Nicht gestern Abend." Danny grinste kläglich. „Aber da hatte ich Hunger. Jetzt, da ich gefrühstückt habe ..."

„Du wirst nach einer Weile wieder Hunger haben. Davon abgesehen, hat uns Gott die Tiere gegeben, damit wir uns von ihnen ernähren."

Danny sah Ted scharf an. „Sind Sie Christ?"

Ted wurde auf einmal verlegen. „Nun, wahrscheinlich nicht auf die Art, wie du es meinst. Ich glaube an Gott und bin als Kind zur Sonntagsschule gegangen. Aber ich bete nicht oft." Er zuckte mit den Schultern und grinste. „Außer wenn ich in Schwierigkeiten bin. Ich glaube, Mary betet genug für uns alle beide."

Danny sah weg. Das Kaninchen baumelte gegen sein Bein. Er fragte sich, wie jemand ohne eine Beziehung zu Jesus klarkommen konnte.

Ein Geräusch, verschwommen und von weit her, ließ sie im Nu verstummen. Ted hob aufmerksam den Kopf und zog seine Augenbrauen zusammen.

„Das ist ein Hubschrauber!", rief er.

„Ich wusste, dass Dad es irgendwie schaffen würde, uns zu finden!", rief Danny erfreut aus.

„Das Problem ist nur, dass diese Bäume hier zu dicht sind, um uns zu sichten. Lass uns schnell auf die Wiese laufen."

Sie warfen ihre Gewehre über die Schultern und machten sich auf in Richtung Lichtung. Ja, dort flog er, direkt über ihren Köpfen! Heftig winkend schwenkten sie die Arme über ihren Köpfen hin und her und riefen so lange, bis sie vor Heiserkeit keinen Laut mehr hervorbrachten.

„Sie sehen uns, nicht wahr?", fragte Danny sehnsüchtig.

„Ich weiß es nicht. Ich hoffe es."

Der Hubschrauber machte zwei lange Umdrehungen über die Wiese und flog dann davon. Einen Augenblick später war er außer Sichtweite.

Ted ließ seine Arme fallen. „Ich fasse es nicht. Und das, obwohl ich eine rot karierte Jacke trage!"

Früher wäre Danny in so einer Situation verzweifelt gewesen, aber jetzt richtete er seine Schultern auf und hob sein Kinn. Genau dasselbe hatte er auch Jim geraten, wenn er in Schwierigkeiten war. „Ich glaube, Gott hat noch etwas anderes vor."

Über Teds sonnengebräuntes Gesicht huschte ein Stirnrunzeln. Dann zuckte er gleichgültig mit den Schultern. Danny war eben jemand, aus dem man nicht leicht schlau wurde!

„Wir sollten besser noch ein paar Kaninchen jagen", sagte er schließlich.

Danny sah von dem Kaninchen an seinem Gürtel zu dem Gewehr, das er über der Schulter trug. „Jaaa. Ich denke, das sollten wir besser tun."

## „Wer ist in der Hütte?“

Während er sich dicht gegen die Außenwand des Schuppens presste, hörte Jim voller Panik, wie das Eis unter Matthews Stiefeln knirschte. Würde er um den Schuppen herumgehen? Hatte er bemerkt, dass Jim nicht unter seinen Decken lag?

*Meine Güte, wie konnte ich nur den Fehler machen und nach draußen gehen, um hier herumzuschnüffeln,* dachte er.

Sein Herz pochte wie wild. Und er fror. Er fror so sehr und außerdem waren seine Füße wieder nass. Der Himmel hatte sich jetzt in ein hartes Blauschwarz verwandelt und der Mond schien geisterhaft weiß. Die Sterne funkelten anklagend auf ihn herab. Matthew hatte Recht: Er war ein hundsgemeiner Schnüffler!

Jim trat einen Schritt zur Seite und spähte mit einem Auge um die Ecke des Schuppens. Der Einsiedler war verschwunden. Die große Frage war jetzt nur: Wo genau *war* Matt? Jim wollte gerade in die Hütte zurückkriechen in der Hoffnung, der alte Mann sei wieder in seinem Bett, als er im Innern des Schuppens ein flinkes Klirren vernahm. Einen Augenblick später sprühte ein riesiger Funkenschauer aus dem Ofenrohr. Wer auch immer sich in diesem Schuppen befand, musste gerade einen Holzklotz in den Ofen gelegt haben.

Dann fing wieder das Weinen an. Kein lautes, forderndes Weinen wie zuvor, sondern ein Schluchzen. Dieser unbekannte Mensch dort drinnen, wer auch immer das war, schien wegen irgendetwas ein gebrochenes Herz zu haben.

*Das ist ja auch kein Wunder,* dachte Jim. *Dieser Jemand wird hier als Gefangener gehalten.*

Seine Frau! Es musste die Frau des alten Knaben sein. Aber warum hielt er sie in einem Schuppen gefangen? Jim tastete die Tür ab und seine suchenden Finger gelangten zur Türklinke. Ja, wer auch immer sich hinter dieser Tür befand, war hier eingesperrt. Glasklar.

„Wer sind Sie?", fragte er leise durch die Tür hindurch. „Warum sind Sie da drin?"

Das Schluchzen endete so abrupt wie ein Peitschenhieb. Eine unheilvolle Stille machte sich über dem Berg breit. Keine Antwort.

„Ich werde Ihnen helfen, wenn ich kann", beeilte sich Jim zu sagen, „aber ich muss wissen, wer Sie sind und warum Sie hier eingesperrt sind."

Immer noch keine Antwort. Jim hätte genauso gut um Mitternacht inmitten eines Friedhofs stehen können. Er wollte sich gerade umdrehen, als er ein leises Geräusch vernahm.

„Wer bist du?", flüsterte eine heisere Stimme.

Jim fuhr erschrocken zurück. War es denn tatsächlich möglich, dass diese Person nichts davon wusste, dass er und seine Freunde in der Hütte waren?

„Mein Name ist Jim. Jim Robbins. Ich bin Boot gefahren und wir hatten einen Unfall. Mein Freund Shawn wurde dabei verletzt, deshalb dürfen wir hier bei Matthew bleiben, während mein Bruder Hilfe holt. Sind Sie seine *Frau?*"

Lange Zeit kam keine Antwort. Dann, im Flüsterton: „Du musst von hier verschwinden. Wenn er herausfindet, dass wir miteinander gesprochen haben, kommen wir alle in große, große Schwierigkeiten."

„Kann ich etwas tun, um Ihnen zu helfen?", beharrte Jim.

Ein bitteres Lachen. „Keiner kann mir helfen!"

Widerwillig machte sich Jim auf den Weg zurück in Richtung Hütte. Er bewegte sich, so gut es ging, im Schatten vorwärts, beschloss dann aber, dass dies nicht sehr klug war. Er musste auf dem Pfad bleiben, auf dem all die Fußspuren zu sehen waren, sonst würde Matthew Verdacht schöpfen.

Jim überlegte scharf. Er erinnerte sich an den Film „Jane Eyre", den er einmal im Fernsehen gesehen hatte. Ein Mann hatte darin seine Frau in einem abgelegenen Zimmer eingesperrt, weil sie geisteskrank war. War auch Matts Frau geisteskrank? Sie klang nicht gerade danach.

Bei der Hütte angekommen, blieb Jim eine Weile an der Tür stehen und horchte, ob irgendein Geräusch aus dem Inneren der Hütte drang. Er hörte nichts. Leise, ganz leise, entriegelte er die große Tür und stahl sich hinein.

*Gut. Matt ist da und schnarcht. Puh!*

Nun holte er genauso leise die Holzscheite wieder aus seiner Decke heraus, zog seine Wanderschuhe und Jacke aus und kroch unter seine mollig warme Decke. Das Feuer war inzwischen gefährlich heruntergebrannt, aber er war zu müde, um sich darum zu kümmern. Eigentlich brannte er auch darauf, seinen Freunden von seiner neuen Entdeckung zu berichten, aber sowohl Kimberly als auch Shawn schliefen beide tief und fest. Es wäre jetzt ohnehin zu gefährlich gewesen, um darüber zu sprechen.

Shawn murmelte die ganze Nacht über im Schlaf. Sein Knöchel schmerzte und sein Fuß war von den Quetschungen ganz schwarz geworden. Er wünschte sich so sehr,

Danny und Tina würden sich beeilen und bald mit Hilfe zurückkommen.

Am Morgen war das Feuer völlig runtergebrannt, nur noch ein paar glühende Kohlen waren übrig geblieben. Jim wühlte sich zitternd vor Kälte aus seiner Decke heraus. Und er überlegte, dass es klug wäre, ein Feuer anzuzünden und Kaffee zu kochen, bevor Matt aufstand.

Doch dieser ließ nicht lange auf sich warten. Der Einsiedler war es gewöhnt, schon in aller Morgenfrühe aufzustehen, und in dem Moment, als sich der Kaffeeduft in der Hütte ausbreitete, war er mit einem Satz aus dem Bett.

„Wenigstens taugt ihr etwas", knurrte er. Noch während er seine Hosenträger befestigte, trat er in den Raum hinein. Mit seinem Kopf deutete er in Kimberlys Richtung. „Kann dieses Mädchen mit der Schere umgehen oder Kleider waschen? Für diesen Fall hätte ich nämlich ein Waschbrett."

Jim hob beide Augenbrauen und zuckte mit den Schultern. „Ich denke, Kimberly kommt mit so gut wie allem klar, nur ... haben Sie denn Seife?

Matthew blickte böse drein. „Natürlich habe ich Seife! Ich bin doch kein Wilder!"

Jim ignorierte seine wütende Reaktion. „Super. Dann kann Kimberly mit allem, was Sie wünschen, loslegen."

Matt goss sich etwas Kaffee ein, blickte Jim argwöhnisch an und sagte: „Schließlich könnt ihr euch euren Aufenthalt hier bei mir verdienen."

„Na klar, das ist absolut fair", stimmte ihm Jim zu. Er ignorierte ein helles, blaues Auge, das unter Kimberlys Decke skeptisch zu ihm hoch spähte. „Deshalb habe ich ja auch heute Morgen das Feuer angezündet und Ihnen gleich danach Kaffee gekocht."

Matthew brummte und ging zum Tisch, wo er sich hinsetzte und in seine Tasse starrte. „Ich habe über einige der Dinge, die du gesagt hast, nachgedacht. Über Religion und den ganzen Kram."

„Nicht Religion", korrigierte Jim. „Eine Beziehung zu Jesus."

Matts kleine, glänzende Augen sahen eine Sekunde lang auf und senkten sich dann wieder. „So", sagte er nur. „Aber das ist nichts für mich, weil meine Zeit vorbei ist. Ich habe alles verloren und habe keinen Grund, mich um so etwas zu scheren."

Jim spürte, dass der Einsiedler nach einer Bestätigung suchte, dass er doch noch zu Jesus kommen könnte. „Sie haben doch immer noch Ihre Frau", sagte er unschuldig, wobei er an die Person dort draußen im Schuppen dachte.

„Bah!", brüllte der alte Mann. „Meine Frau hat diesen Ort hier vor langer Zeit verlassen. Das Letzte, was ich von ihr gehört habe, ist, dass sie religiös geworden und irgendwo in *Tucson* gelandet ist."

Jim spitzte die Ohren. Nun starrten zwei blaue Augen unter Kimberlys Decke zu ihm herauf. „Ihre Frau ist Christin?" Er hätte sich beinahe verraten und gefragt, ob seine Frau denn nicht in dem Schuppen wäre.

„Das ist es, was ich gehört habe." Matt starrte immer noch in seine Kaffeetasse. „Aber wie ich schon gesagt habe, es ist zu spät für mich."

„Nein, das ist nicht wahr, Matt. Es ist niemals zu spät, um Jesus in sein Herz einzuladen."

„Du hast von nichts eine Ahnung!", schrie Matt bitter. „Ich bin kein guter Mensch. Du weißt nicht, was ich getan habe." Er schüttelte betrübt seinen Kopf. „Gott könnte jemandem wie mir niemals helfen."

Jim dachte immer noch an diese Person in dem mysteriösen Schuppen. Er hatte die leise Ahnung, dass Matthew auch gerade an diese Person dachte. Hing es mit ihr zusammen, warum er glaubte, Gott würde ihn nicht annehmen können?

„Jesus rettet jeden, der zu ihm kommt“, sagte Jim freundlich. „Es spielt keine Rolle, was Sie getan haben, Gott nimmt jeden Menschen, wie er ist. Und dann ändert *er* ihn.“

Matthew sann darüber nach, bevor er vom Tisch davonstürzte. „Nein!“, schrie er zornig. „Du verstehst nicht!“

Sekunden später hatte er seine Stiefel und seine Jacke angezogen und war aus der Hütte gestürmt. Und es schien, als liefe Matt vor ihnen davon.

„Was ist mit den Kleidern, die Kimberly waschen soll?“, rief ihm Jim nach.

Die Tür öffnete sich einen Spalt breit. „Im Schlafzimmer auf dem Fußboden. Und wenn ihr etwas essen wollt, dann wisst ihr ja, wo etwas zu finden ist.“

„Möchten Sie nichts frühstücken?“

„Nein!“, donnerte Matthew. „Nicht jetzt!“

Shawn stützte sich mit schläfrigen Augen auf einen Ellenbogen. „Was war denn das eben?“, fragte er verwirrt.

Jim rieb gedankenverloren mit der Zunge an der Innenseite seines Kiefers. „Ich glaube, er weiß, dass er Gott braucht. Aber da ist noch etwas anderes.“ Er ging zur Tür und sah nach, ob Matt auch wirklich fort war. „Erinnert ihr euch, als ich letzte Nacht zu diesem Schuppen hinausgeschlichen bin?“

Shawn nickte. „Du meinst zu dem Räucherhaus.“

Jim setzte sich auf den Boden zu seinen Freunden und senkte seine Stimme zu einem Flüsterton. „Das ist überhaupt kein Räucherhaus! Matt hat dort jemanden eingesperrt!“

„Komm schon, Jim, das gibt’s doch gar nicht!“ Shawn blickte finster drein.

„Doch, so ist es. Ich habe jemanden weinen gehört und ...“

Kimberly unterbrach ihn mit aufgeregter Stimme: „Shawn, erinnerst du dich, als Matt letzte Nacht aus der Hütte ging und wir solche Angst hatten, er könnte entdecken, dass Jim nicht da war? Dann haben wir die Gewehrschüsse gehört und nach einiger Zeit ist Matt wieder zurückgekommen.“

Jim brannte darauf, den anderen seine Geschichte zu erzählen. „Der Grund, warum er nachts geschossen hat, ist, dass die Person, die sich in dem Schuppen befindet, gerufen hat.“

„Willst du damit sagen“, meinte Shawn langsam, „dass der Schrei, den wir gehört haben, gar nicht von einem Tier kam?“

„Nie und nimmer. Es ist ein Mensch und ich habe mit ihm gesprochen.“

Kimberlys Augen waren groß und rund. „Was hat er denn gesagt?“

Jim seufzte. „Nur, dass es riesengroßen Ärger geben werde, wenn Matt herausfände, dass ich ihn entdeckt habe.“

Shawn schluckte. Einen Moment lang brachte er überhaupt kein Wort heraus. „Aber wer ... wer *war* denn diese Person?“ Jim schüttelte seinen Kopf. „Ich habe nicht die leiseste Ahnung. Zuerst dachte ich, es könnte Matthews Frau sein, aber heute Morgen hat er gesagt, dass sie in *Tucson* ist.“

„Vielleicht ist es dieses Kind, das letzten Winter in den *White Mountains* verschwunden ist“, mutmaßte Shawn. *Vielleicht sperrt er uns auch noch ein, bevor das Ganze hier vorüber ist*, dachte er und fuhr laut fort: „Vielleicht kidnappt er sogar Kinder und verkauft sie!“

Kimberly schüttelte ihren goldblonden Schopf und

rollte ihre Augen in purem Entsetzen. „Shawn, Shawn“, sagte sie bedauernd, „du und deine wilde Fantasie! Dieser Junge, der letzten Winter verschwunden ist, wurde sicher und wohlbehalten wieder gefunden, das weißt du doch.“ Sie sah zu Jim hinüber. „Nein, es muss irgendeine andere Erklärung geben, warum Matt jemanden in diesem Schuppen eingesperrt hat.“

Jim nickte. „Zumindest weiß ich jetzt, was ich vorhabe. Sobald Matt heute Abend ins Bett gegangen ist, werde ich noch mal nach draußen zum Schuppen gehen und mit wem auch immer sprechen.“

## Jerry Higgins

Kimberly und ihr Bruder protestierten beide gleichzeitig gegen Jims Vorhaben.

„Du hast wohl den Verstand verloren", rief Shawn stirnrunzelnd. „Wenn der alte Knabe dich erwischt, wie du herumschnüffelst ..."

„Vielleicht war es auch gar kein Mensch", mutmaßte Kimberly. „Vielleicht handelt es sich um ein krankes Tier."

Jim schüttelte den Kopf. „Was ich gehört habe, war *kein* Tier. Außerdem hat die Person zu mir *gesprochen*, wie ich euch bereits erzählt habe!"

„Und du konntest nicht erkennen, ob es ein Mann oder eine Frau war?" Shawns Stimme klang geschockt und äußerst zweifelnd.

„Die Stimme war sehr leise und die Person, wer auch immer das war, weinte. Deshalb konnte ich nicht erkennen, ob es sich um eine Frau oder einen Mann handelte." Jim biss sich auf den Unterkiefer.

„Ich mache mir Sorgen um dich, Jim", gestand Kimberly. „Du wirst in Schwierigkeiten geraten, wenn du nachts umherschleichst."

„Das hoffe ich nicht, Kimberly, aber wenn Matt hier jemanden gefangen hält, müssen wir ihm helfen." Gedankenversunken fügte er hinzu: „Das könnte ohnehin genau der Grund sein, weshalb wir überhaupt diesen dummen Bootsunfall hatten."

Shawn zuckte mit den Schultern. „Du denkst wieder daran, dass allen, die Gott lieben, alle Dinge zum Besten dienen, stimmt's?"

Jim lächelte. „Ich denke schon. Das ist nun mal eben, was die Bibel sagt, deshalb glaube ich es. Und ... wenn ich daran glaube, dann ... muss ich alles aus Gottes Hand nehmen."

Kimberly nickte eifrig. „Er hat Recht, Shawn. Gott hat sich bei alledem hier etwas gedacht." Sie breitete ihre Arme aus, als wolle sie die ganze Welt mit einschließen. „Tatsächlich hat er für alles einen Plan!"

Shawn humpelte zum Feuer hinüber und ließ sich auf seine Decke sinken. „Kimberly Williams, du stimmst aber auch mit allem überein, was Jim sagt!"

Jim und Kimberly wurden bei dieser Bemerkung beide rot, aber sie wussten genau, dass er Recht hatte.

Die Eingangstür öffnete sich und herein kam Matthew mit zwei Eimern voll heißem Wasser. Er stellte sie in der Nähe der Tür ab und ging wieder hinaus. Als er das zweite Mal zurückkehrte, brachte er eine kleine Wanne und ein Waschbrett herein.

Er deutete mit dem Finger von Kimberly auf die Wanne. „Hier. Du hast gesagt, du würdest meine Kleider waschen."

„Das werde ich. Aber wo haben Sie heißes Wasser herbekommen?"

Der Einsiedler sah sie an, als sei sie geistig zurückgeblieben. „Durch das Feuer natürlich. Wie denn sonst? Die schmutzigen Kleider sind da, wo ich schon gesagt habe. Weiter brauchst du dich um nichts zu kümmern."

Als sich Matthew noch einmal nach draußen begab, stellte sich Kimberly in die Nähe der Wanne, die Hände in die Hüften gestemmt. „Ich weiß nicht, was ich mit diesen Dingen anfangen soll!"

Jim lachte. Er las gerne und in den Büchern über die Anfänge Amerikas hatte er schon von Waschbrettern und Wannen gelesen. Er sah sich im Zimmer suchend um und fand schließlich eine Schachtel Waschpulver, die nie geöffnet worden war.

„Komm, ich zeig's dir."

Er schüttete etwas heißes Wasser und Pulver in die Wanne und stellte dann das raue Waschbrett hinein, wobei er es mit der einen Seite senkrecht nach oben stellte. Kimberly holte gehorsam Matts dreckige Kleidung aus dem anderen Zimmer. Sie hielt den Atem an. Die schmutzigen Lumpen hielt sie in Armeslänge von sich gestreckt.

Shawn lachte belustigt. „Jetzt fehlt nur noch, dass wir Matt ins Wasser tauchen und *ihn* schrubben!"

Jim musste bei diesem Gedanken grinsen, wurde aber schnell wieder nüchtern. „Sieh her, Kimberly. Du legst die Kleider hier hinein, schleuderst sie und schrubbst sie dann auf der rauen Oberfläche des Waschbrettes hin und her. Ich helfe dir."

Das Mädchen schüttelte verwundert ihren Kopf. „Ich hab so etwas noch nie vorher gesehen!"

„Glaub mir, deine Großmutter hat so was benutzt. Sie hat auch ihr eigenes Wasser gepumpt, ihr eigenes Essen eingemacht und ..."

Kimberly sah in die Wanne. „Apropos Wasser, wo bekommt Matt eigentlich sein Wasser her?"

Jim entgegnete: „Aus einer Quelle an der Bergflanke. Ich habe gesehen, wie er dort Wasser geholt hat, als wir das erste Mal in die Hütte gingen."

Es brauchte viel, viel Zeit, um so viel Schmutz mit den Händen wegzuwaschen. Als Kimberly und Jim fertig waren, wrangen sie die Kleider aus und hängten sie zum Trocknen auf. Entsetzt starrte Kimberly auf ihre roten, wund geriebenen Hände und ihre gebrochenen Nägel.

„Sie werden wieder nachwachsen“, versicherte ihr Shawn mit nicht gerade viel Mitleid.

Jim wollte gerade nach draußen, um ein wenig Luft zu schnappen, als ihm die Türklinke entrissen wurde und Matt vor ihn trat. Auf seinem Gesicht lag ein entschlossener Blick, und als er sich umdrehte, erkannte Jim ihn kaum wieder.

Matthew hatte ein Bad genommen! Die dicke Schmutzschicht auf seinem Gesicht war weg und auch seine Hände waren sauber. Seine Haare und sein zerzauster Bart trieften vor Nässe, deshalb hatte er es auch so eilig gehabt, in die Wärme der Hütte zu gelangen.

Er betastete die sauberen Kleider und runzelte die Stirn. Okay, er würde warten müssen, bis er sich umziehen konnte. In der Zwischenzeit ließ er sich in einen hochlehnigen Stuhl fallen und gab Kimberly eine Schere.

„Nun“, kommandierte er grob, „steh nicht hier herum und starr mich an! Du hast gesagt, du könntest meine Haare schneiden.“

„Nun, ähm ... ich habe mir selbst ein- oder zweimal die Haare geschnitten. Nur so ein bisschen zurechtgestutzt, wissen Sie.“

„Dann mal ran, Mädchen!“

„Ja, Sir!“

Jim drehte sich um, um ein flüchtiges Lächeln zu verbergen. In seinen Augen war ein verschmitztes Zwinkern zu sehen und etwas tief in seinem Innern sagte: „Das hier ist gut, was auch immer geschieht.“

Shawn hingegen starrte ungläubig die Szene an. Seine blauen Augen trafen sich mit Jims braunen Augen und er brachte ein schiefes Lächeln zustande. Vielleicht dienten ja tatsächlich alle Dinge zum Besten.

Kimberly kämmte und schnitt behutsam die gräulichen Haare des alten Mannes. Matts Haare waren bis über seine

Schulter heruntergewachsen und sie wollte ihn nicht verärgern, indem sie zu viel abschnitt. Schließlich überreichte sie ihm den zersprungenen, dreckigen Spiegel von der Wand und ließ ihn einen Blick hineinwerfen.

Er legte den Spiegel zur Seite und sagte nur: „Mehr!“

Animiert durch diese Aufforderung schnitt sie ihm das Haar noch kürzer, bis es nur noch knapp unter seinen Ohren war. Dann, mit einigem Zögern, attackierte sie seinen Bart. Da sie noch nie zuvor einen Bart geschnitten hatte, machte sie sich vorsichtig daran. Oft lief sie vor ihm hin und her, um sicherzugehen, dass beide Seiten gleichmäßig geschnitten waren. Als sie fertig war, war der ganze Fußboden mit Haaren bedeckt.

Ohne auf eine Anweisung zu warten, nahm Jim einen uralten Besen, der bereits viele Borsten verloren hatte, und kehrte auf. „Sie sehen echt großartig aus, Matthew ... ich meine, Matt“, korrigierte er sich schnell.

„Harrumph!“

Er begutachtete sich noch einmal im Spiegel, strich über den kleinen, sauberen Bart und nickte. Dann, ohne an irgendjemanden ein Wort des Dankes zu richten, schritt er aus der Hütte hinaus.

„Gern geschehen“, sagte Kimberly spaßhaft.

„Du hast doch nicht im Ernst erwartet, dass er dir dankt, oder?“, fragte Shawn. Dabei zuckte es um seine Mundwinkel herum.

Kimberly seufzte. „Nicht wirklich. Aber er sieht tatsächlich viel besser aus, deshalb werde ich mir selbst danken!“

Jim tastete die Kleider ab, die im Zimmer hingen. „Fast trocken“, murmelte er. „Wenn er sie jetzt noch anzieht, dann sieht er ganz verwandelt aus.“

Später kam Matt mit etwas gepökeltem Schweinefleisch zurück, das er auf den Tisch stellte. Er drehte sich noch einmal zu Kimberly um und knurrte: „Kannst du Maisbrot backen?“

Kimberly biss sich auf die Lippen und schüttelte ihren Kopf.

„Das dachte ich mir. Mädchen taugen heutzutage nicht mehr zu viel.“

„Das ist nicht wahr!“, verteidigte Jim sie heftig. „Kimberly kann den besten Schokoladenkuchen backen, den Sie jemals probiert haben. Und sie kann auch fast alles andere. Nur weil sie kein Maisbrot machen kann ...!“

„Werd nicht frech“, murmelte Matthew. „Ich mach das schon selbst.“ Mit zusammengekniffenen Augen sah er die Kinder an. „Ich glaube, ich muss wegen euch sechsmal so viel machen wie sonst.“

Niemand widersprach ihm, und er machte sich an die Arbeit, indem er Maismehl mit anderem Mehl in eine große, metallene Schüssel kippte. Kimberly sah ihm über die Schulter und beobachtete ihn, damit sie das nächste Mal wusste, wie so etwas ging. Sie gab allerdings auf, als sie sah, wie Matt etwas Trockenei dazuschüttete. Das ging dann doch über ihren Horizont. Sie hatte noch nicht einmal gewusst, dass es so etwas wie Trockenei überhaupt gab!

Schweigend verzehrte die kleine Gruppe das gepökelte Schweinefleisch und das Maisbrot. Sie waren froh, ihre Mägen mit etwas füllen zu können. Immer noch ohne ein Wort zu sagen, riss Matthew einige saubere Kleider von der provisorischen Kleiderstange herunter und verschwand damit in seinem Zimmer. Als er einige Minuten später wieder auftauchte, erkannte ihn das Trio kaum wieder. Jim wunderte sich, wo Matt sich gewaschen hatte. Mit seinen sauberen Kleidern, seinem geschnittenen Haar und seinem gestutzten Bart war er nicht mehr der gleiche Mann.

„Sie sehen großartig aus“, gratulierte Shawn.

Matt sah sie alle finster an, nahm eine Schale mit übrig gebliebenem Maisbrot und gepökeltem Fleisch und ging damit zur Tür. „Ich muss meine Eichhörnchen füttern", erklärte er kurz.

„Er bringt das Essen zu der Person, die er in diesem Schuppen eingesperrt hat", sagte Jim zu seinen Freunden.

Kimberly war empört. „Jim, wir müssen etwas dagegen unternehmen! Matt hat kein Recht, jemanden hier gefangen zu halten."

Jim nickte. „Ich weiß und ich werde etwas dagegen tun."

„Was wirst du denn dagegen machen?" Shawns Gesichtausdruck wurde bei Jims Worten leicht betrübt.

Jim zog eine Grimasse. „Zunächst werde ich zu diesem Schuppen gehen und mit wem auch immer sprechen. Dann werde ich die Tür entriegeln – es ist nur ein hölzerner Bolzen, der von außen befestigt ist – und selbst herausfinden, wer da drin sitzt."

„Sei bitte vorsichtig, Jim", flehte Kimberly.

Er nickte. „Ich werde vorsichtig sein."

Matthew blieb noch eine ganze Stunde fort. Als er zurückkam, stand er eine lange Zeit da und sah Jim verächtlich an. Einen Moment lang fragte sich der Junge, ob Matt entdeckt hatte, dass er letzte Nacht beim Schuppen gewesen war. Aber der Einsiedler stampfte einfach nur in sein Schlafzimmer.

„Puh!", keuchte Jim und wischte sich die imaginären Schweißperlen von der Stirn.

Shawn lag mit weit geöffneten, furchtsamen Augen vor dem Feuer, während Kim ängstlich im Schneidersitz auf dem Boden kauerte.

„Warum hat er dich so angesehen?", flüsterte sie.

Jim zuckte mit den Schultern und breitete seine Arme mit einer „Ich weiß es nicht"-Geste aus.

So plötzlich wie Matt in seinem Schlafzimmer verschwunden war, so plötzlich tauchte er auch wieder auf. Ohne ein Wort setzte er sich auf einen der klapprigen Stühle und starrte Jim erneut wild an.

„Ähm ... habe ich etwas falsch gemacht?", gelang es Jim, zwischen zusammengebissenen Zähnen herauszubringen. Irgendwie schien das *die* Frage des Tages zu sein.

Der alte Mann stieß einen langen, tiefen Seufzer aus. „Nicht, dass ich interessiert wäre oder so, versteh mich da nicht falsch, aber ... du kannst mir noch mal erzählen, was du mir da eben sagen wolltest."

Jim durchforstete sein Gedächtnis, aber so sehr er sich auch darum bemühte, er konnte keine Antwort auf diese seltsame Frage finden. „Ich weiß nicht, was Sie meinen, Sir."

„Natürlich weißt du das!" Der alte Mann spuckte die Worte förmlich aus. „Du hattest versucht, mir zu predigen und ich habe dich abgewiesen. Jetzt ..." Er schluckte stark. „Ich glaube, jetzt solltest du es mir noch mal erzählen."

Jim holte langsam Luft. Er erhob sich von seinem Platz an dem zischenden Feuer und setzte sich dem alten Mann gegenüber. Plötzlich hatte er das Gefühl, einem Kumpel und nicht einem Feind gegenüberzusitzen.

„Ich wünschte, ich hätte eine Bibel, dann könnte ich es Ihnen zeigen. Aber ich habe keine, also ..."

„Warte!"

Wie ein Blitz verschwand der alte Mann in seinem Schlafzimmer. Einen Moment später war er wieder da. Er hielt eine uralte, staubige Bibel in der Hand. „Genügt das?"

Jim strahlte. „Klar! Also gut, lassen Sie uns als Erstes Römer 3,23 lesen." Er warf einen Blick auf Matt. „Wissen Sie, was dort steht?"

Matthew starrte auf den Jungen, als sei er ein Dummkopf.

„Ich vermute, das heißt *Nein.*“ Jim war nun sehr dankbar für jede Minute, die er damit zugebracht hatte, Bibelverse auswendig zu lernen, und blätterte flink im Römerbrief. „Sehen Sie, hier heißt es, dass wir alle Sünder sind und die Gnade Gottes brauchen. Glauben Sie, dass Sie in Ihrem Leben schon gesündigt haben? Ich weiß auf jeden Fall, dass ich es getan habe.“

Matt beugte seinen Kopf und schwieg. Schließlich nickte er widerwillig.

„Dann lassen Sie uns 1. Johannes 1,9 lesen. Sehen Sie mal, was da steht, Matt.“

Doch bereits als er diese Worte aussprach, dämmerte es Jim, dass Matt womöglich überhaupt nicht lesen konnte. Aber Matt konnte lesen und sagte langsam: „Da steht, dass Gott mir vergibt, wenn ich meine Sünden bekenne.“

„Noch eine Bibelstelle“, und Jim blätterte zurück zu 1. Johannes: „Genau hier, Matt, Kapitel 6, Vers 37.“ Er legte seinen Finger unter die Zeile, die Matthew lesen sollte.

„Wer zu mir kommt, den will ich nicht von mir weisen.“ Völlig unerwartet riss sich der Mann plötzlich von seinem Stuhl hoch und raste ohne Jacke zur Tür in die Kälte hinaus.

„Was war denn *das* jetzt?“, fragte Shawn.

„Ich habe wirklich inbrünstig gebetet!“, wimmerte Kimberly.

Jim ließ die Bibel offen auf dem Tisch liegen und gesellte sich zu seinen Freunden. „Ich denke, der Heilige Geist arbeitet an seinem Herzen. Wir müssen nur abwarten und sehen, was als Nächstes geschieht.“

Aber Matthew blieb so lange fort, dass alle drei Jugendlichen längst fest eingeschlafen waren, als er schließlich zurückkehrte. Irgendwann nach Mitternacht wachte Jim durch das durchdringende Geräusch von Matts Schnarchen auf.

Flink legte er wieder ein paar Holzscheite unter seine Decke und schnappte seine Jacke auf dem Weg nach draußen. Er hatte keine Ahnung, wie viel Uhr es war, aber er war sich sicher, dass kein Schrei Matt und sein Gewehr in die kalte Nacht hinausgetrieben hatte. Eilig hastete er den Pfad zum Schuppen entlang und klopfte sachte gegen die Tür.

„Sind Sie da?“, fragte er leise.

Ein Geräusch ertönte, so als sei die Person, die sich dort drin befand, vom Schlaf aufgeschreckt worden. Dann ein zögerndes „Jaaa?“.

„Bitte, sagen Sie mir, sind Sie die Frau von Matt?“

„*Frau*?“, krächzte eine Stimme. „Bist du von Sinnen? Ich bin sein *Sohn*, Jerry Higgins!“

## Von Angesicht zu Angesicht

Jim verschlug es die Sprache. „Du bist sein *Sohn*?“

„Natürlich! Was hast du denn geglaubt?“

„Nun, ich ... ähm ... ich war mir nicht sicher“, stammelte Jim.

„Es wäre mir wirklich lieber, du würdest von hier verschwinden“, ertönte eine grimmige Stimme. „Seitdem ihr hier seid, darf ich noch nicht einmal mehr zusammen mit Papa draußen arbeiten.“

Jim entriegelte die Tür, gerade in dem Moment, als Jerry Higgins ein Streichholz anzündete und an einen Kerzendocht hielt. Als Jim nach innen kroch, konnte er ein schmales Feldbett, einen winzigen, runden Ofen und einige Kleider erkennen, die an einem Nagel hingen. Er sah sich einem Jungen ungefähr gleichen Alters gegenüber. Einer, dessen Haare in den unterschiedlichsten Längen gestutzt worden waren, mit dreckigen Kleidern und großen, braunen Augen, die aus einem mit einer dicken Schmutzschicht bedeckten Gesicht spähten.

„Das kapier ich nicht“, brachte Jim aus seiner trockenen Kehle hervor.

Jerry wich wie ein verängstigtes Tier zurück. „Ganz einfach. Papa befürchtet, dass ich vor ihm davonlaufe, wenn er mich mit ihm in der Hütte wohnen lässt.“ Jerry verkroch sich regelrecht vor Jim. „Du bist der erste Mensch außer Papa, den ich seit zwei Jahren gesehen habe.“

Jim deutete auf den einzigen Stuhl im Raum. „Ist es okay, wenn ich mich da hinsetze?“

Jerry zuckte mit den Schultern. „Aber wenn mein Papa uns hier erwischt, dann kriegen wir beide eins drauf.“

„Sieh mal, du brauchst keine Angst vor mir zu haben. Ich und meine Freunde, wir sind nicht hier, weil wir uns das ausgesucht haben. Unser Boot wurde unten am Fluss aufgerissen und einer meiner Freunde hat sich böse den Knöchel verletzt. Ich denke, nach alledem hatte dein Papa einfach keine andere Wahl, als uns mit zu sich in die Hütte zu nehmen.“

Jerry sagte kein Wort, aber er blickte Jim immer noch mit weit aufgerissenen Augen an.

„Bestimmt lässt dich Matt – das heißt, dein Vater – eines Tages wieder hier raus!“

Jerry warf seinen Kopf zurück. „Natürlich, bevor ihr gekommen seid, war das auch so. Da bin ich tagsüber immer mit ihm zum Arbeiten in die Mine gegangen und dann hat er mich für die Nacht wieder eingesperrt.“

Jim schüttelte verwirrt den Kopf. „Meinst du, nur weil er denkt, du würdest davonlaufen?“

Jerry kroch aus seiner Ecke hervor und setzte sich auf den Bettrand. Er sah Jim an. „Sieh mal, das ist so: Vor drei Jahren brachte uns Papa mit dieser verrückten Idee hierher, in seiner Mine Gold zu finden.“ Er verdrehte seine Augen. „Nicht, dass ihm das jemals gelungen wäre! Wie dem auch sei, meine zwei Brüder wurden krank und es gab keine Möglichkeit, einen Arzt zur Hilfe zu holen, also ...“ Seine Stimme wurde leiser. „... Sie sind beide gestorben.“

„Aber dein Vater hat gesagt, dass er einen Kleinlaster hat!“, protestierte Jim.

Jerry nickte. „Jetzt, aber damals hatte er keinen. Nun, nach einem Jahr teilte meine Mutter meinem Vater mit, dass sie ein solches Leben nicht mehr länger aushielte, und ging fort."

Jim versuchte, der Geschichte zu folgen, aber er konnte sich beim besten Willen nicht vorstellen, dass seine Mutter ohne ihn davongegangen wäre und ihn mit so einem Mann wie Matthew allein gelassen hätte!

„Sie ließ mir die Wahl", fuhr Jerry verbissen fort, „entweder mit ihr zu gehen oder bei meinem Papa zu bleiben." Jerry starrte auf seine abgenutzten, braunen Schuhe herunter. „Ich wusste, dass meine Mutter nach *Tucson* gehen würde, um dort zu leben, und stellte mir vor, wie einsam mein Papa dann hier oben sein würde, so ganz allein ..."

„Also hast du dich dafür entschieden, hier zu bleiben", beendete Jim den Satz für ihn.

Jerry nickte erbärmlich. „Fehler. *Großer* Fehler! Papa hat es sich leider in den Kopf gesetzt, dass ich davonlaufen und ihn verlassen würde, sobald ich die Gelegenheit dazu hätte. Ich versprach ihm, dass ich das nicht tun würde, aber er glaubte mir nicht." Jerry hob seine schmalen Schultern. „Ich glaube, weil er alle anderen verloren hat, war er sich sicher, dass ich ihn auch verlassen würde. Also begann er, mich tagsüber in seiner Anwesenheit arbeiten zu lassen und mich nur nachts hier einzusperren."

„Das ist ja furchtbar!", rief Jim aus.

„Es war grauenhaft. Ich brüllte und schrie nachts oftmals, um ihn dazu zu bringen, mich hier herauszulassen, aber er tat es nie." Jerry sah auf. „Wie war noch mal dein Name? Du hast ihn mir schon gesagt, aber ich habe ihn wieder vergessen."

„Jim Robbins. Wir kommen alle aus *Show Low*."

„Ich habe noch nie davon gehört."

Jim zuckte mit einer Schulter. „Eine kleine Stadt mehrere Kilometer von *Flagstaff* entfernt."

Jerry seufzte düster. „Städte erscheinen mir jetzt wie etwas, das ich vor langer, langer Zeit einmal gekannt habe. Ich wüsste noch nicht einmal, wie ich mich in einer Stadt verhalten müsste." Dann meinte er plötzlich: „Hör zu, Jim, du solltest jetzt besser von hier verschwinden! Wenn Papa kommt ..."

„Ich dachte, er kommt nur, wenn du nachts schreist."

„Nun ja, bei meinem Papa weiß man nie genau."

Jim warf einen forschenden Blick in das Gesicht des anderen Jungen. „Jerry, willst du hier an diesem Ort gefangen bleiben?"

Jerry sah geschockt aus. „Was für eine Frage. Natürlich nicht!"

„Dann werde ich die Tür jetzt nicht verriegeln. Wenn du rausgehen möchtest, kannst du das tun."

Jerry legte seine Stirn in Falten und biss sich auf die Lippen. Schließlich nickte er. „Dann könnte ich wie du in die Hütte gehen", ließ er mit einem kläglichen Lächeln verlauten.

Jim trat aus dem Schuppen heraus, ließ die Tür angelehnt und rannte zurück in die Hütte. Atemlos und erregt schloss er die Tür hinter sich zu und blieb mit dem Rücken dagegengelehnt stehen.

„Du suchst ja geradezu nach Schwierigkeiten!", zischte Shawn.

„Jim, du machst mir Angst", pflichtete ihm Kimberly bei.

Jim legte die Holzscheite, die er unter seiner Decke versteckt hatte, auf den Stapel in der Nähe der Tür zurück und ließ sich dann neben seinen Freunden auf die Knie sinken. „Möchtet ihr wissen, wer sich in dem Schuppen verbirgt?", flüsterte er.

Shawn verzog seinen Mund zu einem Lächeln. „Das wäre allerdings äußerst nett, nachdem wir während deiner Abwesenheit große Ängste ausgestanden haben."

Jim wölbte die Hände über seinem Mund. „Es ist Matts Sohn, Jerry!"

Kimberly war verblüfft. „Dann handelt es sich also tatsächlich um einen *Menschen*?"

Jim nickte ernst. „Jerry Higgins."

Shawns Gesichtsmuskeln erschlafften. „Aber w*arum*?"

Jim erklärte in kurzen Zügen die Situation, während ihm Kimberly und Shawn aufmerksam zuhörten. „Genauso ist es", schloss er dramatisch. „Matt fürchtet, hier allein zu sein, und er denkt, dass Jerry davonläuft, wenn er ihn freilässt."

Die Jugendlichen waren so tief in ihr Gespräch vertieft gewesen, dass sie gar nicht bemerkt hatten, dass das Schnarchen im Nebenzimmer aufgehört hatte. Erst als ein riesiger Schatten über das Zimmer fiel, wussten sie, dass der alte Mann zugehört hatte.

Matt trug immer noch seine sauberen Kleider. Er stampfte ins Zimmer, bis seine riesige Gestalt über Jim emporragte. „Ich gebe euch mein Essen und meine Decken und eine Stätte, wo ihr euch aufhalten könnt, und das ist der Dank? Ich sollte euch windelweich schlagen!" Er zögerte und es schien, als würde er plötzlich in tausend kleine Stücke zerbröckeln. Er sah aus wie eine Blume, die zu welken beginnt. „Aber ich kann es nicht."

Kimberly und Shawn brachten kein Wort heraus. Jim öffnete seinen Mund, aber bevor er irgendetwas sagen konnte, ging die Tür auf und herein trat Jerry.

Matthew wirbelte herum, dann zog er seinen Kopf ein. Er sah aus wie ein trauriger, geschlagener, alter Mann.

„Ich hätte dich doch niemals verlassen, Papa", sagte Jerry freundlich. „Zumindest nicht, bevor du anfingst, mich gefangen zu halten. Aber jetzt werde ich zu Mama gehen und bei ihr wohnen." Er schlurfte durch das Zimmer und setzte sich auf einen Stuhl. „Komm mit mir, Papa. Bitte."

„Sie wird mich nicht zurückhaben wollen!", brummte Matt starrköpfig.

Jerry stieß einen langen, müden Seufzer aus. „Natürlich wird sie das, und das weißt du auch. Erinnerst du dich an den Tag, an dem du mich in die Hütte geschickt hast, um Nägel zu holen? Damals fand ich den Brief, den der Förster dir von Mom mitgebracht hatte. Sie möchte, dass du zurückkommst."

Matts Augen glänzten nass. „Aber meine Mine", wimmerte er. „Das ganze Gold!"

Plötzlich sah Jerry aus, als sei er der Vater und nicht der Sohn. In Anwesenheit der Kinder von *Show Low* fühlte er sich jetzt viel mutiger. „Papa, du hast während der ganzen Zeit hier nicht einen einzigen Goldklumpen gefunden."

Matt sagte eine Weile lang gar nichts. Dann wandte er sich zu Jim und flüsterte ihm zu: „Ich habe das gemacht, was du mir gesagt hast, das mit Gott seine Sünden bekennen und so." Schließlich stieß er einen abgrundtiefen, bebenden Seufzer aus. „Ich glaube, ich kann mein Kind nicht nach *Tucson* bringen, wenn es so aussieht. Hol wieder die Schere heraus, Mädchen."

Kimberly warf Jim ein schräges Lächeln zu. Dann setzte sie Jerry wie eine enthusiastische Friseurin auf einen Stuhl und machte sich an die Arbeit.

## Es kommt Hilfe!

Noch mehr Hubschrauber flogen über die Wiese und den Wald, aber die Hütte war von Bäumen verdeckt. Meistens hörten die vier Leute drinnen in der Hütte die Rotoren erst dann, wenn die Hubschrauber bereits woanders ihre Suche fortsetzten.

„Den Gedanken, den Winter hier zu verbringen, mag ich gar nicht“, beklagte sich Mary.

Ted brummte. „Das wäre äußerst hart, da unsere Vorräte fast alle aufgebraucht sind.“

Es dämmerte und die von Bäumen verdeckte Holzhütte war im Schatten nicht sichtbar. Alle möglichen Nachttiere krochen aus ihren Schlupfwinkeln hervor, Bären, Waschbären, Stinktiere und Füchse. Eine große Anzahl von Elchen war auch unterwegs, sie zogen hinunter ins Vorgebirge, wo es milder war. Als schließlich die Dunkelheit hereinbrach, konnten die Hütteninsassen das wütende Jaulen eines Rotluchses hören.

Ted warf eine Zeitschrift hin. Er sah annähernd böse aus, als er sagte: „Die habe ich jetzt schon so oft durchgelesen, dass ich den Text auswendig kann!“

Danny erhob sich nervös von seinem Platz. „Im Wald gibt es immer Fleisch. Ich werde morgen wieder jagen gehen.“

„Wir werden zusammen gehen“, sagte Ted und zog die Nase hoch.

„Ich ... ähm ... gehe Holz fürs Feuer holen.“

Ted rappelte sich auf und griff nach dem Gewehr. „Nicht allein, Danny. Dieser Rotluchs klang zu nahe. Da kann man nicht vorsichtig genug sein.“ Er zwang sich zu einem Lächeln. „Ich gehe mit der Schrotflinte hinterher, während du Holz holst.“

Mit Ted an der Seite und angelegtem Gewehr nahm Danny einen Arm voll Holz und sie gingen gemeinsam ins Haus zurück.

Danny legte die Holzscheite in eine große, hölzerne Kiste in der Nähe der Tür, als er plötzlich innehielt. „Ist da wieder ein Hubschrauber? Hört mal!“

Tina war sich nicht so sicher. „Warum sollten Hubschrauber im Dunkeln kommen, wenn sie uns noch nicht einmal am Tag sehen können?“

„Ich glaube nicht, dass es ein Hubschrauber ist“, murmelte Mary. Ihre blauen Augen waren gedankenvoll in die Ferne gerichtet. Sie hörte genauer hin. „Warum hängst du nicht eine Lampe ins Fenster, Schatz? Ich glaube, das ist das Auto eines Försters.“

Da es in der Hütte nur Kerosinlampen gab, schien das Licht matt durch die Fenster. Mit zwei flinken Handgriffen hatte Ted die Lampe vom Boden hochgehoben und auf ein Bücherregal in die Nähe des Fensters gestellt.

Ein quietschendes Geräusch erklang, als das Auto bremsend zum Stehen kam und dann den Rückwärtsgang einlegte. Einen Augenblick später hörte man gar nichts mehr. Dann erklang ein Klopfen an der Tür. Aber die vier Leute in der Hütte wollten auf Nummer sicher gehen, deshalb warteten sie mit angehaltenem Atem. Immerhin *konnte* es sich auch um einige dieser Ganoven handeln, die während der Wintermonate immer in die Berghütten einbrachen.

„Hier ist Förster Evans“, rief eine kräftige Stimme. „Ich möchte wissen, wer da drin ist.“

Danny zog die Augenbrauen hoch. Der Förster wollte also auch sichergehen, dass sich der Besitzer und nicht irgendein Plünderer in der Hütte befand.

Ted stieß einen tiefen Seufzer der Erleichterung aus und öffnete sogleich die Tür. „Mann, sind wir froh, Sie zu sehen!"

Er machte die Tür weit auf, damit Förster Evans hereintreten konnte. Der Mann schritt sofort zum Ofen, um sich die Hände zu wärmen. Seine Augen wanderten jedoch ruhelos hin und her. Sie musterten zuerst Danny, dann Tina.

„Ihr ... ihr beiden seht aus wie zwei Kinder, die von der Polizei gesucht werden."

Danny strahlte über das ganze Gesicht. „Die sind wir auch! Und ich war in meinem ganzen Leben noch nie so glücklich, einen Förster zu sehen!"

Der Mann sah sich um. „Aber da waren doch noch andere bei euch! Sagt jetzt bloß nicht ..."

„Ihnen geht es gut", warf Tina dazwischen. „Zumindest als wir sie verlassen haben."

„Jaaa." Danny ergriff das Wort. „Wir sind auf diesen alten Knaben namens Matthew gestoßen. Er lebt in einer alten Hütte und sagt, er sei ein Minenarbeiter und ..."

„Matthew Higgins?" Förster Evans war verblüfft. „Erzählt mir nicht, der alte Trottel hat euch *geholfen*!"

Danny zuckte mit den Schultern. „Nun ... ja. Das heißt, er wollte es eigentlich nicht, aber nachdem unser Boot aufgeschlitzt und Shawn verletzt war und wir in diesen Schneesturm geraten sind, hat er uns in seiner Hütte aufgenommen. Nicht", fügte Danny schnell hinzu, „dass er uns jemals dort haben wollte, er wusste nur nicht, was er sonst hätte machen sollen."

Der Förster war groß und hager und trug eine grüne Uniform mit Abzeichen an den Ärmeln. Er warf seinen blonden Schopf zurück und brüllte vor Lachen. „Dieser alte Knabe würde noch nicht einmal *mich* in seine Hütte lassen! Wenn ich ihm etwas hochbringe, passt er mich immer irgendwo ab und nimmt es entgegen." Der Förster hielt inne und kratzte sich am Kopf. „In der Tat habe ich auch dieses Mal ein Ersatzteil für seinen alten, zerbeulten Lastwagen dabei." Er streckte eine Hand aus. „Aber du hast gesagt, eines der Kinder sei verletzt?"

„Shawn Williams. Er fiel aus dem Boot und blieb mit seinem Knöchel irgendwo zwischen den Felsen hängen. Als ich in den Fluss tauchte, um ihn zu retten, wurde das Boot an einem zerklüfteten Felsen aufgerissen und wir waren alle aufgeschmissen."

„Und jetzt sind die anderen bei Matt?" Als Tina und Danny bejahten, musste der Förster erneut in sich hineinkichern. „Es wird wohl immer wieder Wunder geben, nicht wahr? Nun, ich hoffe, Matthew hat etwas daraus gelernt." Plötzlich richtete er seinen Blick auf Ted und Mary. „Und was treibt ihr hier? Ihr seid doch sonst immer schon beim ersten Schneefall fort."

Ted zog seine Augenbrauen hoch.

„Das wären wir dieses Mal auch, aber wir haben unser Auto zu lange stehen gelassen und die Batterie hat sich entleert. Unser Auto muss nur Starthilfe bekommen." Ted zögerte einen Augenblick. Dann fuhr er fort: „Wir haben sehr lange gewartet und ..." Er brach ab und warf einen flüchtigen Blick auf Danny.

„Und gebetet", vollendete Danny prompt seinen Satz.

„Nun", sagte der Förster, „ich glaube, das ist das Wenigste, was man tun kann. Also, jetzt eines nach dem anderen. Wir sorgen dafür, dass euer Auto anspringt und lassen es dann eine Weile laufen, damit sich die Batterie auflädt. Dann würde ich vorschlagen, dass wir bis morgen früh hier bleiben. Erst dann solltet ihr losziehen und die anderen Kinder mitnehmen. In der Zwischenzeit werde ich übers Funkgerät ein paar verängstigten Eltern mitteilen, dass ihre Kinder in Sicherheit sind."

„Ähm, Sir, wenn Sie einverstanden sind, würde ich gerne mit Ihnen zurück zu Matthews Hütte gehen und sicherstellen, dass es meinem Bruder und seinen Freunden gut geht", meinte Danny.

Der Förster nickte kurz in seine Richtung und ging dann nach draußen zu seinem Auto.

## Nach Hause

Jerrys Haarschnitt war alles andere als perfekt, aber er sah besser aus als vorher. Auf Matts Anordnung hin hatte er heißes Wasser ins Schlafzimmer getragen, sich gewaschen und saubere Kleider angezogen. Als er wieder zurückkam, schüttelte das Trio von *Show Low* in purem Erstaunen seine Köpfe.

Jims Blick wanderte von Matthew zu Jerry. Matt sah sauber aus, war ordentlich gekleidet und in seinen Augen war ein neuer Schimmer zu sehen. All dies, das wusste er, waren die äußeren Merkmale eines neuen Christen. Er spürte in sich eine tiefe Freude darüber, dass sich bei Matthew auch ein innerer Wandel vollzogen hatte.

„Ich muss zugeben", bekannte Matthew trocken, „dass es ein gutes Gefühl ist, sauber zu sein." Er nickte seinem Sohn zu. „Ich denke, du hast Recht. Es ist an der Zeit, dass wir diese Berge hier verlassen und uns auf die Suche nach deiner Mama machen." Er lächelte zu Jim hinüber. „Ich und die Lady haben jetzt viel mehr gemeinsam." Er seufzte. „Ich schätze, ich habe mich selbst betrogen, was diese Mine hier angeht."

Jerry wandte die ganze Zeit kein Auge von seinem Vater. „Seit ich diese Hütte betreten habe, redest du in Rätseln, Papa. Sprich bitte klar und sag mir, was hier vor sich geht."

Matthews Kinn zitterte einen kurzen Moment lang. „Ich bin Christ geworden, mein Junge“, sagte er dann.

Jerrys dichte Augenbrauen zogen sich voller Verwirrung zusammen. „Ein *Christ*! Das verstehe ich nicht, Papa. Was soll das heißen?“

Matt schniefte und rieb sich an seinem Handrücken die Nase. „Das bedeutet, dass sich in meinem Innern viele Dinge verändern werden.“

Jerry sah immer noch verwirrt aus. „Wie meinst du das, ‚verändern‘?“

Der Einsiedler richtete sich hoch auf. „Das bedeutet, dass, sobald wir zu deiner Mama zurückgekehrt sind, wir zur Kirche gehen und die Bibel lesen werden.“

Jim stieß einen langen, stillen Seufzer aus. Jetzt verstand er plötzlich, warum sich Shawn verletzt hatte. Gott war Matthew nachgegangen. Er wollte auch Jerry befreien. Jim musste nun an ein Sprichwort denken, das er an einer Wand im Hause der Williams hatte hängen sehen. Es lautete: *Wenn du etwas liebst, dann gib es frei. Wenn es zu dir zurückkehrt, gehört es dir. Wenn nicht, dann hat es dir nie gehört*. Damals hatte er diesen Spruch nicht ganz verstanden, aber jetzt verstand er ihn. Traurig schüttelte er seinen Kopf. Matthew hätte Jerry die ganze Zeit über freilassen können und Jerry wäre ohne weiteres dageblieben. Aber eingesperrt, sehnte er sich danach, zu seiner Mutter zu gehen.

In dieser Nacht schlief niemand so richtig gut und die Aufregung war immer noch groß, als die Sonne langsam zum Vorschein kam und ihre Strahlen über das Erdreich aussendete. Mit ihnen wurde auch das Geräusch eines Autos hörbar. Bremsen quietschten und ein Motor kam zum Stillstand. Einen Augenblick später kamen Tina und Danny hüpfend in die Hütte gerannt.

„Ich habe das Ersatzteil für Ihr Auto“, sagte Förster Evans zu Matt.

Danny fuhr dazwischen, er konnte einfach nicht anders. „Matt, danke, dass Sie für meinen Bruder und seine Freunde gesorgt haben. Aber jetzt ist alles in Ordnung, wir können nun nach Hause!"

Matt ging nach draußen, um das Ersatzteil für sein Auto zu holen. Über seine Schulter hinweg sagte er: „Sohn, wir gehen alle nach Hause, dessen kannst du dir sicher sein!"

Jim hob seinen Kopf. Er fragte sich, wie lange Matts Frau wohl für dieses Wunder gebetet hatte. Dann ergriff ihn plötzlich mit aller Macht ein gewaltiger Gedanke: Es war wirklich großartig, die Antwort auf ein Gebet zu sein!

## EINFACH GALAKTISCH GUT!

Weltraum-Abenteuer:

**DIE WELTRAUM-BOX 1**

**DIE WELTRAUM-BOX 2**

Zwei galaktisch-praktische Sammelboxen mit Preisvorteil.

In der beliebten Hörspiel-Serie von Hanno Herzler erleben die Freunde Jim, Uli, Tonya und Rex spannende Abenteuer mit dem Raketenwissenschaftler Dr. Brocker und seinem neuen Assistenten Dr. Brimstone. Dabei lernen sie nicht nur manches über Wissenschaft und Technik, sondern auch über das Leben selbst.
Produzent: Jochen Rieger
Für abenteuerlustige Kids ab 8 Jahren

Weltraum-Box 1:
Inhalt: Doktor Brockers tolle Erfindung / Raketenformel streng geheim / Das Flugzeug ohne Flügel / Der Schatz von Hispaniola, MC-Box, Nr. 964 051

Weltraum-Box 2:
Inhalt: Der aufregende Mondflug / Auf der dunklen Seite des Mondes / Geheimtreffen mit dem Gegner / Der Spion im Raumschiff, MC-Box, Nr. 964 052